KATACOMBES

Tommy

ISBN : 978-2-401-05762-3

Illustration de couverture : Kateřina Bažantová
Direction artistique : Bruno Bonnel
Conception graphique de la couverture
et mise en pages intérieure : Cédric Ramadier
Direction : Rachel Duc
Responsable éditoriale : Caroline Terral
Suivi éditorial : Sophie Nanteuil

Yann Rambaud

KATACOMBES

Tommy

Hatier

1

— *TOUUUUUCH DOWWWWN!* cria Stanislas en poussant la figurine porteuse du ballon une case plus loin de la ligne de but.

Le chat Aldo, endormi sur la couette, fit un incroyable bond avant de sauter au bas du lit pour tenter de se réfugier dessous. En vain, car le passage était bien trop étroit ; c'était le matou le plus gras du quartier.

Stanislas, bras levés au ciel, se releva du pouf avec une telle énergie que son genou envoya balader au passage le plateau de jeu posé sur une table basse. Des figurines allèrent rouler sur le plancher.

Son adversaire Tommy, assis en face de lui, retira ses lunettes – il était si myope que, sans elles, à moins d'un mètre, le monde devenait flou – et plongea son visage dans ses mains en signe de déception.

— T'as vraiment eu une chance de dingue sur les trois derniers tours… pesta-t-il ensuite en relevant le nez.

Tandis que Stanislas était un garçon tout en rondeur, avec un visage poupon et une bedaine qu'il avait bien du mal à dissimuler sous ses éternelles chemises blanches, Tommy était plutôt grand et maigre. Il affichait une tignasse pleine d'épis, rousse, parcourue sur le côté gauche d'une zébrure de cheveux noirs qu'il avait depuis la naissance. Un phénomène génétique tout à fait étonnant. Sa figure était pigmentée d'une pluie de taches de rousseur. Il avait le regard doux et rêveur.

Stanislas retomba lourdement sur le pouf. Avec un sourire de vainqueur, il passa une main sur le dessus de sa tête, réajustant la raie impeccable de ses cheveux.

— J't'ai tué, j't'ai tué, j't'ai tué ! cria-t-il.

Faire des parties de *Blood Bowl* était l'une de leurs activités préférées. Le plateau de jeu représentait un terrain de football américain, sur lequel s'affrontaient deux équipes de créatures fantastiques. Tous les coups étaient permis. Les règles étaient nombreuses et compliquées. Ce jour-là, Tommy avait mené des orques, Stanislas des hommes-lézards.

— Arrête de nous faire ton show, Stan. Tommy a raison, t'as eu trop d'la veine sur tes lancers de dés…

Le troisième garçon avait suivi la partie de loin. Vautré sur des coussins, il pianotait à toute vitesse sur son téléphone.

Il s'appelait Félix. De petite taille, sec, souple et musclé comme un félin, il avait les cheveux coupés très courts, la peau métissée, avec de grands yeux noirs. La mine quelquefois renfrognée, le visage agité de tics nerveux : les narines, la mâchoire, les yeux, tout était sans arrêt en train de bouger, comme s'il était parcouru de petites décharges électriques.

— … Puis vous faites tous les deux les malins parce que Zélie n'est pas là aujourd'hui, ajouta-t-il. Sinon, elle vous aurait une fois de plus mis une raclée. À l'un comme à l'autre… Tiens, je lui balance un texto pour lui donner le score de la partie.

Félix avait raison : Zélie, la quatrième de la bande, était quasi imbattable à *Blood Bowl*. Elle n'avait pas pu venir ce samedi-là, inscrite pour la journée à un concours de tir à l'arc.

Tous les quatre s'étaient liés d'amitié au début de l'école primaire et ne s'étaient plus quittés depuis. Ils venaient de terminer leur année de 3e. À peine une semaine que les grandes vacances avaient débuté.

Stanislas leva les yeux au ciel. Hors de question qu'on lui gâche sa victoire. Alors, il se mit debout, puis remua son bassin à la façon d'une danseuse tahitienne, tout en continuant son énervante chansonnette :

— J't'ai tué, j't'ai tué, j't'ai tué !

Derrière la fenêtre, le crépuscule s'installait avec des reflets orangés.

La chambre de Tommy se trouvait sous les toits. Ils étaient souvent fourrés ici, chez la famille Pierdeguerre. C'était leur repaire. Il y avait partout des piles de livres, que Tommy dévorait pendant son temps libre. Il tenait cette passion de sa mère, Mme Pierdeguerre, embauchée depuis toujours à la bibliothèque de Claire-la-Jolie.

Félix avait saisi Aldo sous les pattes pour le coller contre son torse et tâchait de le calmer en lui caressant le derrière des oreilles. Le chat était si corpulent que son ventre débordait d'entre les bras du garçon.

— Hé Tommy, ton chat aurait besoin d'un régime. Sans ça, il risque un jour de carrément exploser.

— Génial ! s'extasia Stanislas. Y'aura des tripes partout sur les murs de ta piaule. Si ça arrive, je réserve dès aujourd'hui la fourrure. Je m'en ferai un bonnet pour l'hiver prochain !

Félix ne rit pas à la blague.

— Arrête de dire des conneries pareilles. Tu dois respecter les bêtes, autant que les êtres humains.

Le garçon adorait les chats. D'ailleurs, son grand-père maternel, Évariste, n'en avait pas moins de neuf sous son toit et c'était souvent lui qui s'en occupait.

Stanislas n'insista pas. Son ami pouvait s'agacer et venir lui asséner l'un de ses petits coups de poing dans l'épaule dont il avait le secret. Félix donnait des uppercuts comme personne, secs et douloureux.

Une voix monta de l'étage en dessous.

— Staniiiislas ! Ta maman au téléphone !

Par réflexe, Stan glissa par-dessus son ventre rebondi les pans de sa chemise pour les fourrer dans son pantalon à pinces. À son grand désespoir, il n'avait pas droit aux tee-shirts et aux jeans. Seulement aux baskets. Il était issu d'une famille aristocrate et ses parents, très stricts, étaient intransigeants quant à sa tenue : il devait toujours être impeccable.

— J'arrive Mme Pierdeguerre ! dit-il d'une voix haut perchée. Elle m'appelle sur le fixe d'ici parce que j'ai pété mon portable.

— Encore ? s'étonna Tommy.

Il avait remis ses lunettes et, à quatre pattes par terre, ramassait les dés et les figurines pour ranger le tout dans la boîte de jeux. Lui se désintéressait tellement de son téléphone, qu'il était sans arrêt en train de l'égarer.

Les garçons quittèrent la chambre en dévalant la volée de marches qui conduisait au premier étage.

2

Mme Pierdeguerre se trouvait dans l'encadrement de la porte de la salle de bains, le petit frère de Tommy dans les bras, enroulé dans un peignoir. Elle venait tout juste de lui faire prendre sa douche. Elliot avait presque trois ans. Le visage également constellé de taches de rousseur et la même tignasse rousse que son aîné, il tendit une main vers les garçons avec un grand sourire. Chacun claqua à tour de rôle les petits doigts potelés. Tommy ajouta une bise sur sa joue rose.

La mère donna le téléphone à Stanislas qui, le collant à son oreille, rejoignit le rez-de-chaussée pour s'isoler.

— Dire qu'avec le temps magnifique qu'il a fait aujourd'hui, vous êtes restés enfermés tout l'après-midi. Alors que vous êtes déjà tellement pâles.

Madame Pierdeguerre était une femme dynamique et bavarde, la seule de la famille à avoir les cheveux blonds.

— Sans compter que ce n'est pas ton père qui va montrer l'exemple, ajouta-t-elle en pointant du menton la pièce d'en face, dont la porte était entrouverte : le bureau de M. Pierdeguerre.

Les garçons y glissèrent une tête. Tout aussi roux et maigre que Tommy, l'homme se tenait debout, bras croisés, face à un mur où était punaisée une tonne de papiers. Sourcils froncés, il fixait le document principal, placardé au centre : un grand arbre généalogique.

— Ça va comme tu veux, papa ? demanda Tommy.

Ils ne reçurent pour réponse qu'un simple grognement.

— Après les vampires, laissez-moi vous présenter le rat de bibliothèque qui me sert de mari, plaisanta la mère, qui les avait rejoints.

Nouveau grognement, aussi vague que le précédent.

Informaticien de profession, M. Pierdeguerre, depuis tout jeune, montrait une passion dévorante pour la généalogie. À force de patience, il était parvenu à remonter le fil de ses origines familiales jusqu'au Moyen Âge. Un exploit qui lui avait même valu des prix.

— Alors, en quelle année tu es, là ? questionna Tommy d'un air amusé, en venant se poster aux côtés de son père.

Le garçon croisa les bras, fronça lui aussi les sourcils.

M. Pierdeguerre lui servit un demi-sourire où pointait une grande contrariété, avant de poser un doigt sur le document accroché au mur, au plus haut de la pyramide. Tommy plissa les yeux derrière ses lunettes.

— Des semaines que je bute sur celui-ci. Un cauchemar.

Là où il avait posé son index était noté : « Entre 1200 et 1260. » Et, à côté de la date, un espace, vide.

Un espace en attente d'un nom.

— Whaaaaou, lâcha Félix, accompagné d'un sifflement admiratif. Vous cherchez donc votre ancêtre d'il y a… Heu… Attendez voir…

Il procéda à un calcul de tête un peu laborieux.

— … Ben d'il y a, grosso modo… huit cents ans. Impressionnant !

M. Pierdeguerre hocha la tête.

— Oui, début du XIIIe siècle, confirma-t-il.

Puis dans un murmure :

— Quels repères sur cette période ? Voyons voir… la fondation de l'Ordre des Dominicains. Ah, le roman de *Tristan et Iseult* vient juste d'être écrit. La Cinquième Croisade touche à sa fin. Règne de Philippe Auguste, puis de Louis VIII. Début de reconstruction pour les cathédrales d'Amiens, il me semble, Rouen, et aussi Strasbourg peut-être. Je dois vérifier ça.

L'homme se libéra d'un grand soupir, dans lequel apparut de nouveau de la contrariété. Il pianota l'espace vide tout en haut de l'arbre généalogique.

— C'est coton, mais je finirai par trouver, affirma-t-il ensuite d'un air décidé.

Tommy n'en doutait pas, car son père était du genre tenace. Si ses parents avaient acheté cette maison depuis peu, ce n'était pas dû au hasard. M. Pierdeguerre, suite à ses nombreuses recherches, avait découvert qu'elle avait été construite à l'emplacement exact où s'était dressé il y a très longtemps le château familial de leurs ancêtres. Mais pour l'instant, il n'avait découvert encore aucune preuve tangible de vestiges de l'ancien bâtiment sous la maison.

Il passa une main dans la chevelure zébrée de son fils, avant de tourner un regard vers sa femme. Un regard doux, affectueux, mais où l'on percevait une petite once de reproche.

Mme Pierdeguerre s'était accroupie et séchait les cheveux d'Elliot avec une serviette.

— Si ta mère me donnait l'accès aux vieilles archives qu'ils viennent de découvrir sous la bibliothèque, j'aurais déjà trouvé ce nom depuis belle lurette.

— Tu sais bien que c'est totalement en dehors de ma volonté, mon chéri. Je te l'ai dit des centaines de fois. Les sous-sols et les documents qu'ils abritent sont en cours de classement par des experts. Patrimoine national. Pour le moment inaccessible au public. Et j'ai beau t'aimer passionnément, ma conscience professionnelle m'oblige à ne pas outrepasser le règlement.

La bibliothèque où travaillait Mme Pierdeguerre se dressait sur les fondations, où, il y a très longtemps, se trouvaient un monastère et un couvent.

M. Pierdeguerre leva les yeux au ciel.

— Tu sais ce que j'en dis, hein, de ces satanés règlements ? Bon sang, quand je pense, que j'aurais la possibilité, de manière tout à fait discrète, d'aller fouiner dans cette manne d'informations et que je vais devoir attendre des lustres une autorisation en bonne et due forme de la préfecture…

— Qui a patience a paradis ! décréta Mme Pierdeguerre. C'est un bon dicton. Car tu n'obtiendras rien, quoi qu'il en soit, tant que ces messieurs n'auront pas mis de l'ordre dans tous ces vieux parchemins.

Elle embrassa Elliot.

— Ton père et ton frère sont des doux dingues, mon chaton, lui confia-t-elle ensuite. C'est comme ça. On doit faire avec.

— Voilà, Mme Pierdeguerre, votre téléphone. Merci.

Stanislas était remonté du rez-de-chaussée.

— Alors quel est le programme pour toi ?

— J'ai dû livrer bataille, mais c'est O.K., je peux dormir ici ce soir. Ma générale de mère est d'accord.

— Allons, allons, on ne parle pas ainsi de sa maman. Et toi, Félix ? Tu es aussi de la partie ?

Ce dernier secoua la tête, le visage agité d'une série de tics.

— Non, j'étais déjà là hier. Puis je dois passer m'occuper des chats de mon grand-père avant le dîner. Mais merci quand même.

Félix salua tout le monde avant de prendre congé. Il habitait dans une barre d'immeubles au bord d'une départementale, dans la périphérie de la petite ville. À vélo, même s'il roulait toujours très vite – et prenait d'ailleurs des risques inconsidérés –, il en avait tout de même pour vingt bonnes minutes avant d'arriver chez lui.

Une fois Elliot en pyjama, tout le monde descendit au salon, où la télévision déversait des flashs d'informations.

— Vu l'heure, déclara Mme Pierdeguerre, hors de question qu'on cuisine maintenant.

Elle se tourna vers son mari :

— Que suggère notre généalogiste ?

M. Pierdeguerre n'hésita pas un seul instant :

— Camion à pizzas.

Il y eut une approbation générale.

— On s'en occupe ! annonça Tommy en saisissant Stanislas par le bras.

— Adjugé vendu, dit la mère, en farfouillant dans son sac pour y chercher des billets.

Elle avait toujours Elliot dans les bras. Une fois la monnaie donnée aux garçons, elle alla le déposer sur les genoux de grand-tante Violette, immobile dans son fauteuil roulant.

L'enfant adorait être juché là. Les deux bras décharnés de la vieille dame, lentement, se refermèrent sur lui.

Comme à son habitude, en faisant cela, grand-tante Violette n'eut aucune expression. Ses yeux d'un bleu limpide fixaient la télé sans vraiment la regarder. Depuis qu'elle n'avait plus toute sa tête, ils l'avaient accueillie sous leur toit. Plusieurs aide-soignantes passaient pour s'occuper d'elle à certains moments-clés de la journée : pour la faire manger, pour lui faire sa toilette, pour la lever. Le soir, c'était une infirmière à domicile qui intervenait pour lui donner ses traitements et la mettre au lit. Elle ne quittait jamais son fauteuil, n'était plus en capacité de marcher. Enserrer Elliot quand on le lui mettait sur les genoux était presque comme un automatisme. De la même façon qu'elle ne communiquait plus vraiment. Parfois, elle sortait tout haut des phrases sans queue ni tête, du genre : « Avec toute cette glace au chocolat que j'ai engloutie, j'ai le ventre qui gargouille comme un diable », alors qu'elle n'avait avalé qu'un potage et un yaourt ; ou encore : « Un jour, en me promenant sur les rochers en bord de mer, j'ai discuté recettes de cuisine à base de chair humaine avec une bande de requins. »

Et ce samedi-là quand, argent en poche, Tommy et Stanislas franchirent la porte d'entrée de la maison, la vieille dame toute ratatinée dit à la cantonade :

— Un orage approche. Je le sens dans tout mon squelette. Un orage accompagné de ténèbres.

Et bien entendu, une fois dehors, quand les garçons levèrent le nez, dans cette douce soirée d'été, ils ne virent qu'un ciel dégagé, décoré d'une lune ronde et d'un paquet d'étoiles.

— N'oublie pas de faire gaffe où tu mets les pieds, avertit Tommy en traversant le jardin pour rejoindre l'appentis où Stanislas garait son deux-roues.

— Ton père n'a toujours rien trouvé ?

— Non, rien du tout. Mais à force de creuser, certain qu'il finira par tomber sur un bout de ruine, un passage souterrain de l'ancien château, ou un truc dans l'genre.

M. Pierdeguerre avait loué une petite pelleteuse le mois précédent et transformé le terrain autour de la maison en un véritable gruyère. On aurait dit un champ de bataille parsemé de trous d'obus.

Stanislas enfila son casque. C'était le seul de la bande à être motorisé. Ses parents lui avaient payé un scooter flambant neuf pour son dernier anniversaire.

— Tu grimpes derrière moi ou je te tracte ? demanda-t-il.

— Tractage, répondit Tommy en attrapant son skate-board.

Stanislas poussa son véhicule jusqu'au portail en contournant les trous. La demeure des Pierdeguerre, si ce n'était le jardin en charpie, se confondait avec les autres maisons, toutes à l'identique. C'était un immense lotissement, un véritable labyrinthe pour ceux qui n'y habitaient pas depuis longtemps. Le lieu était agréable. De la pelouse, des arbres, des lampadaires et des bancs. Une allée centrale et tout un tas de chemins de graviers.

Une fois sur le bitume, Stanislas enfourcha le scooter et démarra, et juste avant qu'il ne donne un premier coup d'accélérateur, Tommy, en équilibre sur sa planche, saisit la barre à l'arrière du scooter.

Tractage. Mme Pierdeguerre en ferait une jaunisse si elle surprenait son fils ainsi. D'autant qu'il lui arrivait même de s'accrocher aux pare-chocs arrière des voitures quand il était au centre-ville, à condition que ça ne roule pas trop vite.

Une fois qu'ils furent sortis du lotissement pour prendre la départementale principale qui conduisait au centre de Claire-la-Jolie, la circulation s'intensifia. Stanislas poussa son cri de guerre en tirant sur l'accélérateur :

— YEEEEEEEEEAH !

Juché sur son skate, Tommy avait les jambes un peu cotonneuses et le cœur qui battait la chamade. Un délice. Certaines voitures les doublèrent en klaxonnant, mais ils s'en contrefichaient.

Au moment où ils bifurquèrent sur la droite pour rallier la place où était situé le camion à pizzas, filant devant un feu qui venait tout juste de passer à l'orange, l'angle avant droit d'un bus frôla Tommy. Le mastodonte lança lui aussi un coup de klaxon. Ça sonna comme le barrissement d'un éléphant. Le garçon tourna rapidement la tête en direction du chauffeur qui, mécontent, gesticulait derrière son volant.

3

Les garçons connaissaient bien l'homme qui tenait le camion, Régis Amirante. Comme il était à moitié sourd, il fallait hurler pour passer commande. Il avait le visage aussi rond et rouge que ses pizzas et plus l'ombre d'un poil sur le caillou.

En attendant que leur commande soit prête, Tommy s'essaya à de nouvelles figures sur son skateboard.

— T'es toujours à fond sur la jolie Nicole ? demanda-t-il à Stanislas.

— Plus que jamais, répondit son ami, la bouche en cœur.

Puis lâchant un soupir de fin du monde :

— Mais j'ai peu d'espoir que ce soit un jour réciproque. Elle me regarde comme si j'étais un gosse. Si tu voyais ça, Tom, elle a des yeux en amande, d'un vert ! T'as même pas idée…

Tommy éclata de rire.

— Tu m'étonnes que t'as pas la moindre chance. Elle a quoi, trois ans, quatre ans de plus que nous ?

— Cinq, lâcha-t-il d'un air désolé.

Stanislas se débrouillait plutôt pas mal en cours, mais faisait un blocage sur la grammaire et l'orthographe. Une catastrophe. Sa mère avait fini par faire appel aux services d'une étudiante pour tâcher de remédier à cela. Durant toute l'année scolaire, chaque samedi matin, la dénommée Nicole était venue chez eux faire du soutien scolaire. Mais malgré ça, le garçon n'avait pas fait un seul progrès.

— Hé les p'tits, vos galettes sont prêtes ! hurla enfin Régis, derrière le comptoir de son camion.

Une fois la note réglée, ils s'éloignèrent pour retrouver la route, Tommy portant les pizzas, Stanislas poussant son scooter.

— Pour le retour, pas le choix : faut que tu montes derrière pour tenir la bouffe, dit ce dernier, quand une voix traînante se fit entendre.

Une voix qu'ils reconnurent sans mal.

— Merde alors, les grandes vacances viennent juste de commencer que, déjà, on tombe par hasard sur deux des plus gros losers du bahut !

Les garçons se retournèrent lentement.

— Oh non... La mouise... Pas eux, lâcha Stanislas dans un souffle.

Il était devenu tout pâle.

Kévin leur faisait face, avec dans le regard une lueur cruelle. Il les dépassait de deux bonnes têtes, pencha vers eux ses sourcils broussailleux et sa carrure de videur de boîte de nuit. Sur son visage clignotait un contingent de boutons d'acné. À la seule lumière des lampadaires, il était effrayant.

Bien entendu, il était accompagné de ses sbires habituels : le grand Sofiane avec sa tête chevaline, ses yeux rapprochés et son rire de crécelle ; Antoine, le beau gosse aux cheveux blonds tombant sur les épaules, au regard hypnotique et à la voix suave ; et enfin Amir, à la peau noire comme une nuit sans lune, au sourire blanc et carnassier.

Ces gars-là, c'était leur plaie à tous les quatre.

Cerise sur le gâteau, aux pieds de Kévin, bavant et piaffant, le museau enserré dans une muselière : un énorme bulldog à la toison grise. Le chien émettait un grognement sourd, laissant présager qu'il était aussi dangereux que son maître. Heureusement, le monstre était tenu en laisse.

— Nous avons là, cracha Kévin, une tête de renard à lunettes et un cochon grassouillet habillé comme un banquier. Deux espèces que nous connaissons bien. Dommage qu'on n'ait pas aussi les deux autres sous la main.

Il semblait si heureux de cette rencontre inattendue qu'il en salivait presque. Ses compères ricanèrent comme une bande de hyènes.

Tommy et Stanislas avaient le trouillomètre au max.

— C'est vraiment génial, continua le chef, d'autant que vous n'avez jamais fait la connaissance de Méphisto !

Le chien grogna avec plus de vigueur encore. Tommy se dit que l'animal portait bien son nom.

— L'ami Méphisto, compléta Antoine le beau gosse, qui raffole des pizzas ET des chevilles, des mollets ET des fesses dodues…

— Et quand il chope, précisa ensuite le grand Sofiane à tête de cheval, il ne lâche plus !

— Ouais, poursuivit Amir, c'est une tenaille qu'il faut ensuite pour lui desserrer les mâchoires.

Puis Kévin tourna la tête dans tous les sens, avant de conclure :

— Et le top du top, c'est qu'il n'y a ici ni pion ni prof pour vous tirer d'affaire. Comme c'est ballot.

En disant cela, sa main droite glissa le long de la laisse, tandis que les doigts de la gauche allèrent tripoter la boucle de la muselière.

Les garçons comprirent que ce n'était pas seulement des menaces. Le bulldog trépignait sur place.

Alors Tommy, la bouche tordue, glissa à son ami :

— À *trois*, on décampe…

Mais Stanislas était déjà dans les starting-blocks.

— On décampe à *un*, tu veux dire…

Et la seconde d'après, il cria :

— UN !

De concert, ils lâchèrent pizzas et scooter – le deux-roues heurta le sol avec un bruit métallique –, firent volte-face et se lancèrent dans un sprint enfiévré. Et dès la première impulsion donnée à leurs jambes, ils entendirent dans leur dos un petit clic significatif : l'ouverture de la laisse.

Méphisto s'élança avec des grognements rageurs.

Tommy, plus rapide, dépassa rapidement Stanislas. Engoncé dans sa chemise, encombré par son embonpoint, la course n'était pas le point fort de ce dernier. Et puis il avait une étrange façon de positionner ses pieds : trop ouverts, en canard.

Malgré ses courtes pattes, le chien avait le vent en poupe. Le mollet de Stanislas fut vite à portée de ses mâchoires. Les dents claquèrent, la première fois dans le vide, et la deuxième, elles parvinrent à saisir le bas de son pantalon. Le garçon poussa un long hurlement.

Derrière eux, Kévin et ses acolytes riaient à gorge déployée.

Tommy s'arrêta pour porter secours à son ami, quand, à une trentaine de mètres devant lui se dessina une silhouette. Impossible de voir qui c'était, car la lumière aveuglante d'un réverbère la saisissait à contre-jour. Une apparition nimbée de lumière. C'était presque magique.

L'instant d'après, Méphisto lâchait le pantalon de Stanislas avec un couinement et allait rouler sur le ciment, les pattes fauchées par un projectile que personne n'identifia tout de suite.

Une voix s'éleva de la silhouette. Une voix ferme et déterminée :

— Ce sont des flèches de ma fabrication, avec comme embout des petites sphères en polystyrène entourées de chatterton. Ce n'est pas mortel, mais ça fait un mal de chien. Bien que, si je m'amuse à viser un œil, ou l'un de vos jolis sourires, les dégâts pourraient être beaucoup plus sérieux !

Les autres avaient cessé de rire, et le molosse était revenu en gémissant dans les jambes de son maître.

Tommy et Stanislas, à bout de souffle et encore sous l'effet de la panique, se positionnèrent de chaque côté de Zélie.

La jeune fille avait déjà encoché une seconde flèche sur la corde de son arc. Elle avait les muscles des bras bandés et fronçait les sourcils.

Tommy devina néanmoins dans le corps de l'archère un léger tremblement. Elle prenait sur elle pour garder son sang-froid.

— Si tu crois qu'on a… commença Kévin.

Mais Zélie avait déjà relâché la corde de son arc.

La seconde suivante, la grande tête chevaline de Sofiane hennit de douleur, tandis qu'il se pliait en deux. La flèche venait de percuter l'une de ses rotules.

— Une autre démonstration ?! demanda la jeune fille.

Tommy la regarda à nouveau, admiratif. De sa mère, Zélie avait hérité de traits asiatiques. Ses yeux, des fentes où brillaient des prunelles sombres. Ses lèvres étaient charnues, ses cheveux étaient noirs, coupés au carré, avec les pointes qui lui effleuraient les épaules.

Kévin grogna en leur lançant à tous les trois un regard assassin. Puis d'un battement de main, il invita sa clique à se retirer. Antoine et Amir se mirent de part et d'autre de Sofiane pour l'aider à marcher.

— Vous perdez rien pour attendre, déclara-t-il ensuite d'une voix haineuse, on se retrouvera forcément, bande de losers !

— Les *Magic Losers* ! rectifia Zélie. On est les *Magic Losers* !

Quand les autres eurent vidé les lieux, la jeune fille récupéra ses flèches. Stanislas releva son scooter et Tommy reprit son skate et les pizzas.

— Une chance que tu te sois trouvée là, dit Stanislas. Et pile dans le timing.

Tout en disant ça, il contempla la déchirure du bas de son pantalon, appréhendant déjà la réaction de sa mère.

— Ouais, on te doit une fière chandelle, compléta Tommy. J'ai l'impression que tu t'es encore bien améliorée au tir. C'était… c'était brillant !

— Merci. Je me trouvais dans le bus qui a failli t'emporter avec lui tout à l'heure, quand t'étais sur ton skate.

Je rentrais de mon tournoi, et un arrêt plus loin, j'ai aperçu les autres brutes. Je me suis dit qu'avec la veine que vous avez tous les deux, ils allaient forcément vous tomber dessus.

Tommy pointa du doigt le tee-shirt que portait Zélie.

— Super classe. On t'a jamais vue avec celui-là… C'est un nouveau ?

La jeune fille était fan du cinéma des années 80 et 90. Le vêtement affichait la tête énorme d'un requin surgissant des profondeurs de l'océan. Gueule ouverte, le monstre s'apprêtait à dévorer une femme nageant à la surface.

— Ouaip, se gargarisa-t-elle. *Les Dents de la mer*. 1975. Un film de Steven Spielberg. Avec Roy Scheider, Richard Dreyfuss et Robert Shaw. Titre d'origine : *Jaws*, qui signifie « mâchoires ». Mon père l'a vu à l'âge de neuf ans, et les trois étés suivants, il n'a pas trempé ne serait-ce qu'un seul orteil dans la mer tellement ça l'avait trauma…

Elle jeta un œil à l'heure sur son téléphone.

— Allez, faut que je file avant qu'il n'y ait plus de transports sur la ligne. À plus !

Zélie habitait sur le flanc de l'une des collines qui surplombaient Claire-la-Jolie. Ses parents y élevaient des cochons, ainsi qu'un petit cheptel de brebis.

4

— Tom… Tom… Réveille-toi…

Le garçon émergea d'un lourd sommeil.

Au-dessus de lui, le visage flou de Stanislas. Il tendit une main pour attraper ses lunettes posées sur la table de nuit et les mit sur son nez.

C'était le milieu de la nuit.

— Y'a ton chat qui braille en bas. Ça m'a réveillé.

Tommy s'assit sur son lit avant de tendre l'oreille. Il percevait en effet tout un orchestre de miaulements, auquel s'ajoutait une sorte de vrombissement bien connu.

— Les ronflements de grand-tante Violette, expliqua Tommy, quand ils descendirent l'escalier sur la pointe des pieds.

Stanislas mit une main devant sa bouche pour stopper un début de fou rire.

Une fois parvenus au rez-de-chaussée, ils trouvèrent Aldo aux aguets, perché sur la table de la cuisine. Son poil avait doublé de volume, signe qu'il était sur la défensive.

Quand Tommy vint poser une main sur son échine pour tâcher de le calmer, une forme s'éjecta tel un boulet de canon d'entre le frigo et la gazinière. Puis ça cliqueta sur le sol carrelé.

— Un rat… C'est un rat ! lâcha Stanislas, la colonne vertébrale subitement parcourue d'un frisson. Et un balèze en plus !

Le garçon avait une peur bleue des rongeurs.

Aldo s'échappa aussitôt des mains de Tommy, bondit de la table et se réceptionna lourdement au sol. Le rongeur avait déjà traversé la pièce et filé par la porte entrebâillée qui menait aux sous-sols.

Trente secondes plus tard, les miaulements redoublèrent. Les garçons firent un crochet par le garage, dont l'entrée se situait au même niveau que la cuisine, afin d'y récupérer une lampe torche.

— Si ça se passe dans la buanderie ou dans la réserve, expliqua Tommy, il y a le courant. Mais si les bestioles se trouvent dans l'autre cave, il n'y a pas de jus et on n'y verra rien du tout.

Et bien entendu, les deux premières pièces évoquées par Tommy étaient désertes. Les miaulements insistants les conduisirent une volée de marches encore plus bas, dans une vaste cave ténébreuse. Les garçons franchirent le seuil en promenant le faisceau de la lampe.

Le lieu était sinistre.

D'autant plus quand on le visitait au beau milieu de la nuit.

Sous leurs pieds nus, pas de dalle en béton, mais un simple sol en terre battue. Et, partout, des quantités de trous, moins profonds et moins évasés que ceux creusés dans le jardin. Ça faisait comme un paysage lunaire.

— Mon père a commencé par chercher ici quand on a emménagé, expliqua Tommy. À coups de pelle.

La pièce était tout en longueur, si profonde, que la pointe lumineuse émise par la lampe n'atteignait pas le fond. Bien sûr, c'est là, où la nuit était la plus épaisse, que les miaulements d'Aldo résonnèrent. Autour des trous, tout un assortiment abracadabrant de meubles et d'objets, abandonnés par les anciens propriétaires.

Stanislas n'en menait pas large.

— Et si on retournait se pelotonner sous nos draps ? Après tout, c'est un chat, un prédateur. Il saura bien se dépatouiller tout seul avec le rongeur.

Tommy secoua la tête énergiquement.

— Tu sais comment c'est avec les rats : s'il y en a un, y'en a douze derrière, et j'ai pas envie qu'Aldo se fasse découper en rondelles.

Ils avancèrent prudemment, trouvèrent au fond de la cave le chat sur le bord d'un cratère un peu plus profond que les autres, creusé à côté d'un vieux buffet de cuisine. Aldo ne miaulait plus, mais restait tout hérissé en fixant le fond du trou.

En se penchant en avant, les garçons eurent juste le temps d'apercevoir la queue rose et annelée du rongeur disparaître dans un petit conduit de terre.

— Flûte, jura Stanislas, j'ai comme l'impression que ces saletés de rats ont continué le travail qu'avait commencé ton père... Tu crois que...

Les yeux de Tommy, même dans l'obscurité, luisaient comme deux diamants. Et son cœur s'était soudainement affolé dans sa poitrine.

Il tendit la lampe torche à son compagnon.

— Éclaire-moi, dit-il en posant les fesses sur le bord du trou, en avançant l'une de ses jambes et en donnant plusieurs coups de talons, là où s'était carapatée la bestiole.

— Oh bon sang d'bon sang d'bonsoir ! cria Stanislas quand le sol, avec une étonnante facilité, se désagrégea. L'orifice faisait maintenant plus d'un demi-mètre de diamètre. Ils entendirent, quelque part en dessous, le bruit mat de la terre dégagée échouant sur le sol.

Dans ce nouveau conduit, les ténèbres étaient plus épaisses encore. Tommy reprit la lampe et y planta son faisceau.

On devinait un parterre de roche cette fois-ci, mais de là où ils se trouvaient, rien de plus. Une bouffée d'humidité, assortie d'effluves d'humus et de moisissure, les saisit à la gorge.

Stanislas regarda la drôle de tête que faisait son ami, et ce qu'il y vit ne lui plut pas. Mais alors pas du tout.

— Te fatigue pas, j'ai deviné l'idée pourrie qui vient de germer dans ta petite tête. Mince, Tom, il est hors de question qu'on joue les vers de terre dans ce trou lugubre.

Tommy réajusta ses lunettes.

— Y'a une corde d'escalade dans le garage. Tu veux bien monter la chercher ? Accrochée au-dessus de l'établi. Tiens, prends la lampe. Je t'attends.

Stanislas leva les yeux au ciel.

— J'en étais sûr…

— Hé, c'est pas toi, qui plus tard, veux faire le même job qu'Indiana Jones ?

Les parents de Stanislas attendaient de leur fils, une fois adulte, qu'il devienne banquier, médecin ou avocat. Mais lui se voyait archéologue-aventurier, comme son héros.

— Non, mais t'imagines, insista Tommy, on vient sûrement de trouver le bout de château que cherche mon père. NOUS. Deux des *Magic Losers*.

— Ouais, ben justement, je préférerais que le reste de la bande soit là…

— Allez, steuplaît… insista Tommy.

Stanislas finit par abdiquer, remonta à l'étage, Aldo sur les talons. Apparemment, maintenant que le rat s'était fait la malle, le gros matou ne se sentait plus du tout concerné par la suite des événements.

— Hé, dans le garage, y'a un fusil, rapporta Stanislas quand il fut de retour. Je l'avais jamais vu avant.

— C'est la carabine de mon oncle Edmond, le mari de grand-tante Violette. Tu sais, celui qui s'est tué en montagne. Il a eu sa période « chasseur ».

— Et si j'allais la chercher. C'est peut-être mieux d'être armé, non ?

— Ouais, c'est ça. C'est trop dangereux. Puis vu comme on est adroits tous les deux, on serait bien capables, l'un ou l'autre, de se tirer dessus. Non, vraiment, laisse tomber, j'ai pas du tout envie d'être contraint de devoir annoncer à la Générale que je t'ai logé, sans le vouloir, une cartouche dans ton joli petit ventre rebondi.

Stanislas n'insista pas.

Ils nouèrent la corde à l'un des pieds du gros buffet, laissèrent glisser l'autre bout dans l'orifice.

Prenant son courage à deux mains, Tommy descendit le premier dans la gorge obscure, la lampe logée sous l'une de ses aisselles. Son ami ne tarda pas à en faire autant. Une fois en bas, une terrible humidité les saisit.

Stanislas claquait des dents.

— T'as froid ou t'as peur ? demanda Tommy

— Un peu des deux, j'crois bien…

Et quand la torche perça la nuit, tous deux poussèrent un « AAAAAAAAAAH ! » et s'agrippèrent l'un à l'autre.

Car dans ce tunnel, les parois étaient essentiellement composées d'innombrables crânes, du sol au plafond, collés ensemble en un sinistre patchwork. Et ces milliers de cavités vides, là où jadis se trouvaient les yeux, semblaient les fixer. La plupart des mâchoires étaient encore pourvues de dents et affichaient d'effrayants rictus.

Les garçons étaient tétanisés.

— Oh purée… parvint enfin à articuler Stanislas, des… des catacombes, sous ta propre maison…

Derrière eux, c'était un cul-de-sac, et, devant, le tunnel se poursuivait dans les ténèbres.

Le visage de Tommy était une tache livide sous les à-coups lumineux de la lampe torche.

— Y'a… y'a même des enfants… Regarde… dit-il en pointant le faisceau vers des crânes de petite taille.

— C'est… c'est horrible…

Passée la première phase de stupéfaction, Tommy parvint à avancer d'un pas.

— Quoi, quoi, quoi, quoi, quoi ?! s'inquiéta aussitôt Stanislas, c'est quoi le plan, là ? Hors de question que je me balade au milieu de toutes ces têtes de mort, tranquillou, comme si on visitait un musée avec le bahut !

Tommy lui donna une tape sur l'épaule.

— Qu'est-ce qu'on risque ? Ils sont morts depuis belle lurette. Y'a rien à craindre.

— Ça, pour être morts, y sont morts… Y'a pas à tortiller… Tom, bon sang de bon sang, je crois pas que…

Mais le garçon avança encore, emportant avec lui le seul trait de lumière. Alors, Stanislas n'eut pas d'autre choix que de le suivre. Le couloir se poursuivait en ligne droite sur une cinquantaine de mètres, toujours sous le regard vide de la multitude de crânes grimaçants.

Ils débouchèrent dans une grotte circulaire. De là, quatre autres tunnels s'ouvraient dans la roche, plongeant dans les entrailles de la terre. Quatre directions possibles.

Au centre trônait un autel en pierre, presque un cube grossièrement taillé, sans inscription ni décoration d'aucune sorte. C'était un simple bloc figé là. Seule la surface, lisse, avait été travaillée.

— Voilà, voilà, gémit Stanislas en passant une main dans ses cheveux pour rétablir au mieux sa raie de côté et la mèche qui allait avec, la visite est terminée pour aujourd'hui, messieurs-dames.

Ne lui restait que l'humour pour ne pas prendre ses jambes à son cou.

— … On garde le reste pour un autre jour. Le couloir 1 conduit sans doute aux oubliettes, le 2 à la salle de torture, le 3 dans l'antre d'un ogre cannibale… et pour le 4… Ben pour le 4…

— Oh meeeeerde, l'interrompit Tommy, mate-moi ça !

— Quoi ? !

— Un bijou… Une bague !

Et en effet, sur la surface grise de l'autel, brillait une grosse chevalière.

Stanislas ouvrit des yeux ronds comme des billes.

— Fichtre, siffla-t-il entre ses dents, elle est entièrement en or. Sûrement que ça doit valoir une fortune.

Tommy la saisit délicatement entre le pouce et l'index pour l'étudier plus en détail. L'objet n'avait aucune trace de poussière, comme si on l'avait déposé là depuis quelques heures seulement.

À son contact, son corps tout entier fut parcouru d'un étrange fourmillement. Il se sentait comme subjugué, n'arrivait pas à détacher son regard de la surface ovale du bijou où étaient gravées, en carré, quatre mystérieuses initiales.

C P
B R

Stanislas, tout aussi hypnotisé par la bague, passa le bout de son doigt sur la courbe de l'anneau et ressentit le même trouble que son compagnon.

— Allez, chuchota-t-il enfin, ça suffit pour cette nuit. On remonte, maintenant.

Tommy allait approuver quand un bruit singulier leur fit relever la tête. Ça venait de l'un des tunnels en face d'eux.

Quelque chose qui grouillait et qui se rapprochait à toute vitesse.

Tommy pointa sa lampe dans cette direction, et instantanément, Stanislas repensa à ce que lui avait dit son ami un peu plus tôt : « S'il y en a un, y'en a douze derrière. »

Sauf que là, ils n'étaient pas seulement douze, mais bien plusieurs centaines à débouler du dernier tunnel sur leur droite. Leurs couinements résonnaient entre les parois, si fort que les oreilles des garçons se mirent à bourdonner.

C'était une masse grise et compacte qui se déplaçait à vive allure. On percevait les frottements des fourrures les unes contre les autres, le cliquetis des griffes sur la pierre, sonnant comme un sinistre numéro de claquettes.

Stanislas essaya en vain de hurler, mais la terreur figea son cri à l'intérieur de sa gorge. Il fut le premier à prendre ses jambes à son cou. À côté, Kévin et ses sbires, c'était de la blague. Il courut comme jamais il n'avait couru, Tommy sur ses talons.

Ce dernier gardait la bague serrée dans son poing.

Stanislas fut une vraie fusée. Il parvint à hauteur de la corde, qu'il escalada avec une rapidité déconcertante, alors que Tommy s'emberlificotait les jambes et manquait de s'étaler de tout son long. Un heureux réflexe et il réussit à s'appuyer contre l'une des parois pour retrouver son équilibre. Mais cette simple maladresse l'avait ralenti, suffisamment pour que l'avant-garde des rats lui arrive aux chevilles.

En quelques secondes, les bestioles grimpèrent le long de ses mollets, de ses cuisses, s'enroulèrent autour de ses reins, rampèrent le long de sa colonne vertébrale, atteignirent la pointe de ses épaules.

Il poussa un cri de désespoir au moment de saisir à son tour la corde. Déjà en haut, blanc comme un linge, Stanislas lui tendait un bras.

— Attrape ma main ! hurla-t-il, constatant avec horreur, qu'à présent, son ami était entièrement recouvert d'une fourrure grouillante percée de petits yeux jaunâtres.

Avant qu'il ne disparaisse complètement sous la multitude, Tommy parvint à lancer en hauteur l'une de ses mains.

Ses doigts s'agitaient dans le vide.

Stanislas saisit le poignet de son ami, tira de toutes ses forces, mais avec le poids des rongeurs, impossible de le hisser jusqu'à lui.

Alors une idée traversa son esprit engourdi par la peur.

— Lâche la bague ! lui cria-t-il. Lâche la bague !

5

Une fois qu'ils eurent retrouvé leur lit, impossible de dormir tant ils étaient excités par ce qu'ils venaient de vivre.

— T'as vu juste, reconnut Tommy, c'est d'avoir pris la bague qui les a attirés.

Le garçon était saisi de frissons. Il sentait encore sur son corps l'affreux contact de la vermine.

À l'instant même où il avait lâché le bijou, les rats avaient quitté son corps. La masse grouillante avait reflué tout aussi rapidement, repartant vers le tunnel d'où elle était apparue.

— Et pas la moindre morsure, précisa Stanislas, c'est vraiment un truc de dingue…

Oui, un truc de dingue. Tommy s'en était sorti indemne. Tout juste quelques griffures quand les rongeurs l'avaient escaladé.

Il avait ensuite trouvé le courage de redescendre dans le souterrain pour ramasser la chevalière, en ayant pris soin au préalable de glisser sa main dans un gant de jardinage, afin que le bijou ne soit pas en contact direct avec sa peau.

Ils n'en revenaient toujours pas de leurs trouvailles : un dédale de catacombes oublié depuis des siècles, une bague en parfait état, datant sans nul doute du Moyen Âge. Ils n'avaient plus peur à présent, ils se sentaient même les rois du monde.

Après concertation, les garçons prirent la décision de ne révéler pour l'instant à aucun adulte leur découverte, pas même à M. Pierdeguerre. Tommy savait déjà que garder ce secret lui coûterait. Forcément, il culpabilisait de laisser son père dans l'ignorance.

Pour ne prendre aucun risque, ils avaient dissimulé le trou et la corde sous un amas de vieux tapis qu'ils avaient dégottés dans la cave.

Zélie et Félix seraient les seuls à être mis dans la confidence.

Stanislas finit par sombrer le premier. Très vite, son sommeil fut agité. Il poussait des petits grognements et remuait sous les draps.

Quand Tommy s'endormit à son tour, il était installé sur le côté, observait la bague, posée sur la table de nuit.

Elle luisait légèrement dans l'obscurité.

6

Les deux garçons se réveillèrent presque en même temps. Un superbe soleil glissait ses rayons par les interstices des rideaux. C'était déjà le milieu de la matinée. Ils ressentirent un cruel manque de sommeil. D'autant que le reste de leur nuit avait été peuplé pour l'un et pour l'autre d'affreux cauchemars.

Aux étages en dessous résonnait un joyeux tintamarre. De ce que Tommy et Stanislas entendaient, Mme Pierdeguerre chatouillait énergiquement Elliot pour le faire descendre des genoux de grand-tante Violette. Le garçonnet riait aux éclats. Dehors, on devinait à travers la fenêtre le ronronnement de la pelleteuse. En effet, très tôt, M. Pierdeguerre s'était remis à creuser des trous.

Tommy se releva sur un coude et s'aperçut que la bague avait disparu de la table de nuit. Il poussa un juron, s'éjecta du lit, et à quatre pattes, sans même prendre le temps de mettre ses lunettes, inspecta minutieusement la moquette tout autour pour la retrouver.

— Mince, Stan, c'est toi qui l'as prise et qui l'as planquée ?! C'est pas drôle.

Stanislas se mit en position assise en bayant aux corneilles.

— Tu te moques de moi ? dit-il d'une voix pâteuse, avant de désigner d'un hochement de menton la main de son ami.

Tommy fut stupéfait. La chevalière était glissée à son annulaire droit. Comme il avait les doigts fins, la taille du bijou paraissait disproportionnée. On ne voyait qu'elle.

Se pouvait-il qu'il l'ait mise à son doigt pendant son sommeil, dans un accès de somnambulisme ?

Par réflexe, Stanislas, maintenant parfaitement réveillé, tourna la tête en tous sens, s'attendant à voir brusquement se déverser dans la chambre une nuée de rats.

Ils restèrent ainsi figés pendant cinq bonnes minutes. Une attente insupportable. Mais grâce au ciel, aucun rongeur ne pointa le bout de son museau. Peut-être que cela se produisait seulement quand ils se trouvaient dans les catacombes…

— Allez, j'ai une faim de loup, finit par dire Stanislas en se levant de son matelas. Petit déj rapide. Je vais pas pouvoir traîner bien longtemps. Impossible pour moi de rater le sacro-saint repas du dimanche midi. Si je suis en retard, la Générale va me faire un esclandre. Et mon père, déjà qu'il m'adresse à peine la parole, fera comme si j'existais pas… Misère de bon sang de bon sang, pour couronner le tout, aujourd'hui, en plus de mes idiots de frères, y aura mes crétins de cousins. Je vais devoir…

— Stan, l'interrompit Tommy.

Il était livide.

— Quoi ?

— J'arrive pas à l'enlever.

7

Ils s'étaient enfermés à double tour dans la salle de bains. Mais même après avoir utilisé un kilo de savon et des litres d'eau, le bijou refusait de franchir l'articulation au milieu du doigt.

Et à force de tirer dessus, la phalange était à présent gonflée.

— Si ma mère la voit, je vais être obligé de tout raconter, se lamenta Tommy.

— T'as qu'à mentir.

— Ah oui ? Et en racontant quoi ? Que je l'ai trouvée par hasard devant l'entrée d'une bijouterie ? C'est de l'or massif. Elle va psychoter direct, c'est certain. Et puis tu la connais bien, elle détecte tout de suite si je raconte des bobards. Sans compter que mon père va très vite voir que c'est un bijou ancien.

La tête lui tournait, d'autant qu'il se rendait compte que l'anneau, à son doigt, était tiède et lourd.

Stanislas se mit à glousser en désignant un bout de peau sous l'aisselle droite de son ami.

— Sacrebleu, t'as une tache de naissance, là… J'avais jamais remarqué.

Tommy le regarda, interloqué.

— Et qu'est-ce que ça peut faire ?

— Et ben figure-toi que j'ai la même ! répondit Stanislas avec un réel enthousiasme. De la même taille et de la même forme, en plus !

Et pour confirmer la chose, le garçon baissa en partie son caleçon, révélant le haut de sa fesse droite, où, en effet, apparaissait une auréole brune de la taille de deux timbres.

— Super, Stan. Tu crois que c'est le moment le plus approprié pour me montrer ton cul ?!

— Mais attends, c'est génial ! On est frères de taches !

8

Stanislas avait le nez dans son bol et s'envoyait dans le gosier une fournée de céréales. De temps en temps, il levait un œil vers l'horloge de la cuisine. Assis en face de lui, Tommy mangeait avec beaucoup moins d'appétit. Il gardait volontairement son bras droit glissé sous la table, invisible.

Mme Pierdeguerre tournait comme une toupie autour d'eux, s'activant pour le repas de midi. Elliot, installé non loin, déplaçait une barque au sol, où s'entassait une bande de pirates Playmobil®. Grand-tante Violette, ses yeux bleus toujours fixes, semblait porter toute son attention sur un fil de laine qui s'échappait de son chandail. Plus d'une demi-heure maintenant qu'elle tirait dessus pour essayer de l'arracher.

— Maman, sérieux, il y a vraiment besoin que je vienne ? grogna Tommy.

Mme Pierdeguerre refit son chignon, contempla le soleil radieux à travers la fenêtre et son dingo de mari qui passait non loin, juché sur sa pelleteuse.

— Oui mon chéri, j'ai besoin que tu viennes. Pour m'aider avec tante Violette.

Elle s'approcha de la vieille dame, et du bout du doigt, lui caressa la joue avec douceur.

— Tout à l'heure, elle a décrété : « C'est une magnifique journée pour le cimetière. » Alors, pour une fois qu'elle dit quelque chose d'à peu près sensé, je ne vais pas laisser passer l'aubaine. Puis c'est quand même rare qu'on y aille. On prendra des fleurs au centre-ville, quelques courses à la supérette, et puis je vous paierai une limonade ou un jus de fruit !

— Mouais… lâcha Tommy, pas du tout convaincu.

Au moins, on pourrait peut-être en profiter pour passer voir Félix. Son immeuble était juste en face du cimetière.

— Ouiiiii ! applaudit Elliot. Un jus de fruit avec une paille !

Mme Pierdeguerre sourit, puis mettant ses poings sur les hanches, elle fixa son fils aîné, intensément.

Tommy piqua un fard.

— Quoi ? demanda-t-il sur la défensive.

— Que caches-tu dans ta main droite ?

Stanislas manqua s'étrangler avec ses céréales.

— Oui, tu caches ton bras sous la table depuis tout à l'heure…

« Et voilà, c'est mort, pensa Tommy, va falloir cracher le morceau. Adieu le secret des catacombes. »

— Je… je cache rien, balbutia-t-il dans une tentative désespérée.

— Tommy Pierdeguerre, montre-moi ta main.

Avec une grimace confuse, il la sortit de sous la table. Mal à l'aise, Stanislas se tortillait sur sa chaise.

Quand elle vit le doigt de son fils, Mme Pierdeguerre fronça les sourcils.

— Tu t'es cogné ou tu l'as coincé dans une porte ?

— Co… cogné ?

— Ben oui, il est un peu enflé. Attends, je vais aller te chercher de la pommade. C'est trois fois rien.

Elle fila à l'étage pour rejoindre la salle de bains et fouiller dans la pharmacie.

Les garçons se regardèrent, incrédules. Puis Tommy bondit de sa chaise pour aller s'accroupir devant son petit frère. Il lui montra sa main en demandant :

— Elliot, est-ce que j'ai une bague à mon doigt ?

— Pffff, fit l'enfant, non, t'as pas de bague…

Stanislas et Tommy se dévisagèrent une nouvelle fois, estomaqués. Le bijou était invisible aux yeux des autres.

— Faut pas trop s'approcher du bord de la falaise, décréta grand-tante Violette, car en cas de chute, on finira tout cassé en bas.

Mme Pierdeguerre revint avec un tube qu'elle tendit à son fils.

— Masse un bon moment si tu veux que ça agisse, conseilla-t-elle.

9

De nouveau enfermé dans la salle de bains, Tommy laissa l'eau froide du robinet couler sur son doigt, dans l'espoir que l'étrange tiédeur que dégageait le bijou disparaisse. En vain.

On toqua. C'était Stanislas.

— J'y vais, Tom, chuchota-t-il à travers la porte. On se voit demain. Avec ce qui se passe, réunion au sommet, c'est obligé. On se dit début d'aprem ? Tu préviens Féfé, je m'occupe de joindre Zélie.

Tommy approuva. Ensuite, il se déshabilla et se glissa sous l'eau chaude de la douche.

Un peu plus tard, avant de partir pour le centre-ville, il trouva dans sa chambre un mot griffonné par Stanislas, posé sur la boîte de *Blood Bowl.*

Et surtout, ne redessen pas
tout seul dans les katacombes.
C'est trop dangeureu.
Alors attends-nous.

Tommy se dit que son ami avait encore bien du souci à se faire pour son orthographe. En revanche, il trouva que le mot catacombes, écrit comme ceci, avec un K, ça avait vraiment de la gueule.

10

En ce dimanche matin, la place principale du centre-ville était des plus animées. Il y avait un grand marché dont les stands s'étalaient sur les rues piétonnes adjacentes, et une seule voie à sens unique où circulaient les voitures. De là où ils se trouvaient, ils voyaient le parvis de l'église. Le bâtiment était bondé, la messe sur le point de finir. On entendait par les portes restées entrouvertes le chant d'une chorale. En cette belle journée d'été, le ciel était une éclaboussure de bleu.

Ils s'étaient installés à la terrasse de l'un des cafés, elle aussi pleine comme un œuf, juste en face de la boulangerie.

Grand-tante Violette, le regard vide – Elliot était une fois de plus perché sur la pointe maigre de ses genoux et tétait la paille de son jus d'abricot –, souriait à demi, le visage penché sur le côté. Elle semblait apprécier la caresse chaude du soleil d'été sur sa peau fripée.

Tommy observait tout ce bruyant remue-ménage en buvant par petites gorgées sa boisson gazeuse. Il avait l'esprit ailleurs et n'avait de cesse de tripoter d'un mouvement de pouce la chevalière glissée à son doigt. Le bijou restait tiède.

Mme Pierdeguerre, du fait de son poste à la bibliothèque, connaissait beaucoup de monde. Ainsi, toutes les deux minutes, elle saluait quelqu'un ou échangeait quelques mots avec des personnes de passage.

Les cloches se mirent à sonner, annonçant la fin de la messe. Au même moment, grand-tante Violette battit légèrement des paupières et lança :

— Il va bientôt revenir.

Mme Pierdeguerre, habituée aux déclarations tarabiscotées de la vieille femme, répondit par automatisme, comme si la phrase était appropriée à la situation :

— Si tu parles du serveur censé m'apporter mon deuxième café, tatie, j'espère bien. Voilà plus d'un quart d'heure que j'attends...

Bientôt, un cortège continu de personnes s'échappa de l'église, tandis que les cloches continuaient de carillonner. Tommy repéra Félix dans la foule, accompagné de ses deux sœurs aînées, Maeva et Joséphine, et de sa mère, Mme Monlouis-Bonheur, une petite dame corpulente qui, pour rien au monde, n'aurait raté ce rendez-vous dominical. Elle était très croyante et exigeait que ses enfants l'accompagnent. Une ferveur religieuse dans laquelle se diluaient harmonieusement catholicisme et vaudou, traces indélébiles de ses origines créoles.

C'était rigolo de voir à quel point Félix et ses sœurs la suivaient cérémonieusement, en apparence plus sages encore que des enfants de chœur. Une vitrine, car sitôt que Mme Monlouis-Bonheur avait le dos tourné, les trois étaient toujours disposés à faire les quatre cents coups.

Tommy fit un signe de la main en direction de son ami, mais emporté par le flot humain, ce dernier ne le vit pas.

— Tu veux bien aller nous chercher le pain, mon tigre ? Ensuite, on décolle.

Mme Pierdeguerre lui tendait quelques pièces. Depuis tout petit, elle utilisait souvent ce sobriquet, en référence à la zébrure noire dans sa chevelure rousse.

— Maman, rouspéta le garçon, je t'ai déjà dit cent fois d'arrêter de m'appeler comme ça... J'ai plus l'âge d'Elliot. Tu abuses, là.

Elle se contenta de sourire. Tommy leva les yeux au ciel en prenant la monnaie.

Dans la boulangerie, il y avait une très vieille dame juste avant lui. Elle avait posé sa canne contre le comptoir et mettait un temps fou à sortir le portefeuille de son sac à main. Tommy patienta en regardant les diverses pâtisseries sur les présentoirs.

Quand ce fut son tour, il leva les yeux vers la boulangère pour formuler sa commande, mais aucun mot ne parvint à sortir de sa bouche.

Il lui fallut plutôt prendre sur lui pour enrayer un cri.

Sur le visage de la commerçante, plusieurs lombrics d'un rose pâle, des vers de terre de bonne taille, rampaient en tous sens. Ce n'était pas comme ceux qu'on voit habituellement, se tortillant paresseusement dans un carré de terre. Non, ceux-là étaient plus rapides. Ils sortaient par le nez de la femme, se frayaient un chemin dans ses cheveux, avant de glisser dans l'une de ses oreilles ou de sortir, s'échappant de sa bouche, dans une affreuse reptation.

Et le plus incroyable, c'était que la boulangère le fixait gentiment, attendait qu'il lui dise quel pain il souhaitait prendre, comme si tout était parfaitement normal.

— Alors, mon garçon, tu t'es décidé ? finit-elle par demander.

Au même moment, l'un des lombrics s'écoula en se tortillant de l'une de ses narines, tomba en un petit tas à côté de la caisse.

Elle eut un froncement de sourcils.

— Tout va bien, jeune homme ? Tu n'as pas l'air dans ton assiette.

Choqué, Tommy tanguait légèrement sur lui-même, comme s'il venait de recevoir un coup de poing en pleine figure. D'autant que la chaleur de la bague, dans le même temps, était montée de quelques degrés, occasionnant sur sa peau une sensation de brûlure.

Il tourna la tête de tous les côtés, vers les autres clients qui faisaient la queue derrière lui, et constata, qu'apparemment, il était bel et bien le seul à *voir* les vers se balader sur le visage de la femme.

Souffrait-il d'hallucinations ? Était-il en train de perdre la raison ?

Avec un effort surhumain, il parvint enfin à passer sa commande et, sitôt servi, il se précipita dehors.

Il courut rejoindre sa mère qui, penchée sur le fauteuil de grand-tante Violette, manœuvrait l'encombrant engin pour s'extirper de la terrasse.

Quelqu'un cria derrière lui. Il se retourna. La boulangère sortait de son établissement au pas de course et tâchait de rattraper la mamie de tout à l'heure. Appuyée sur sa canne, cette dernière venait juste de traverser.

— Votre portefeuille, madame ! Vous avez oublié votre portefeuille !

La commerçante était si pressée qu'elle ne prit pas le temps de regarder avant de la rejoindre.

Une fourgonnette qui arrivait à vive allure freina au dernier moment. Mais c'était trop tard. Les pneus crissèrent et le véhicule frappa la boulangère de plein fouet. Le choc fut si violent que son corps vola par-dessus le capot, rebondit sur la tôle, puis sur le toit, avant d'aller s'échouer derrière, sur le bitume.

Des gens se précipitèrent. Tommy les imita. Il dut jouer des coudes pour se frayer un passage au milieu de la cohue.

Un homme en costume et aux cheveux gris s'était déjà agenouillé aux pieds de la malheureuse. « Laissez-moi faire, avait-il crié, je suis médecin ! »

Le corps de la boulangère était étrangement tordu. Plusieurs filets d'un sang écarlate s'écoulaient sur la surface granuleuse du goudron, dessinant une toile abjecte.

L'homme, au bout d'une bonne minute d'attention, finit par retirer les deux doigts qu'il avait posés en haut de la gorge de la victime pour prendre son pouls. Il avait une mine consternée, secoua la tête.

— Elle n'a pas survécu.

Tommy eut un haut-le-cœur, mais constata que les vers avaient disparu.

Il regarda la chevalière, dont la température était maintenant redescendue.

Il comprit.

Grâce à la bague, il pouvait *voir* qui était sur le point de mourir.

11

Quelle que soit la saison, le cimetière de Claire-la-Jolie abritait une colonie de corneilles. Et malgré le soleil radieux de cette mi-journée, leurs croassements ajoutaient au lieu une ambiance sinistre.

Un peu plus loin, de l'autre côté du mur, s'étendaient la pelouse d'un terrain de football, le bitume d'un terrain de basket et trois courts de tennis. Comme on était dimanche, ils étaient bondés. Ça faisait, en bruit de fond, un joyeux brouhaha.

Encore chamboulé par l'accident auquel il avait assisté, Tommy s'appliquait à pousser le fauteuil de grand-tante Violette. L'exercice n'était pas facile, car les roues patinaient dans les allées de graviers.

Et le garçon blêmit une nouvelle fois avant qu'ils ne parviennent devant la première tombe visitée, quand ils croisèrent un couple de personnes âgées quittant les lieux. L'homme était si vieux qu'il se tenait plié presque en angle droit.

Lorsqu'il releva sa tête toute ridée pour poliment les saluer, Tommy vit un nouveau nid de vers de terre, grouillant sur son crâne et sur son visage.

Il détourna la tête avec une grimace de dégoût, tandis que la chevalière lançait une nouvelle vague de chaleur le long de son doigt.

Et bien sûr, ni sa mère, ni son frère ne réagirent à cette horrible manifestation.

Ils se trouvaient à présent devant la stèle des parents de Mme Pierdeguerre. Cette dernière déposa l'une des plantes sur la pierre tiédie par le soleil.

Tommy n'avait jamais connu ses grands-parents, disparus dramatiquement dans l'incendie accidentel de leur maison, alors que sa mère n'était encore qu'une enfant. C'était il y a très longtemps. Mme Pierdeguerre, grâce à son caractère toujours positif, s'était, au fil des années, peu à peu remise de ce drame. Elle avait été élevée par grand-tante Violette et l'oncle Edmond.

Elliot partit courir dans les allées. Pour lui, le cimetière était un terrain de jeux comme un autre.

— Mon chéri, ne t'éloigne pas trop ! avertit sa mère.

Grand-tante Violette se désintéressa complètement de la tombe. Son regard inexpressif était tourné au loin, vers les montagnes. Tommy regarda à l'opposé le bout de route en ligne droite où la circulation était plutôt dense, avec sur son bord la barre d'immeuble où habitait Félix.

D'ailleurs, il l'aperçut, au troisième étage, accoudé à une fenêtre, les yeux comme souvent accrochés à sa paire de jumelles, scrutant au loin le match de foot en cours. Félix se trouvait dans l'appartement de son grand-père. Au quatrième, pile au-dessus, vivait le reste de la famille Monlouis-Bonheur. La mère et les deux sœurs.

Le garçon repéra aussitôt Tommy et sa famille.

Les deux amis se saluèrent d'un ample mouvement de bras. Malgré le vrombissement des voitures, on devinait une musique à plein régime s'échapper de la fenêtre où était posté Félix.

Comme Elliot s'était encore éloigné, Mme Pierdeguerre demanda à Tommy d'aller le récupérer. Elle posa la plante restante sur les genoux de grand-tante Violette et attrapa les poignées du fauteuil.

— Allons rendre visite à l'oncle Edmond, dit-elle.

Tommy parvint dans le coin le plus reculé du cimetière, là où les tombes étaient les plus anciennes. Il constata que certaines inscriptions dataient de plus d'un siècle.

Il repéra son petit frère, sautant à cloche-pied près de l'enceinte nord. Il allait le rejoindre, mais soudainement se figea. Car la température de la bague, de nouveau, avait augmenté de plusieurs degrés. Et il sut, avec une étonnante certitude, que, s'il avançait encore de quelques pas dans cette partie du cimetière, le bijou serait très chaud.

Quelque chose, dans le carré où batifolait Elliot, faisait réagir la chevalière. Alors, il décida de ne pas s'approcher davantage et se contenta d'appeler son frère.

Tommy ne s'était pas trompé, car sitôt qu'ils s'éloignèrent pour retrouver Mme Pierdeguerre et grand-tante Violette, l'anneau reprit son habituelle tiédeur.

Sur la tombe du grand-oncle, il y avait un médaillon avec une photo. C'était un homme qui arborait de grosses moustaches, des cheveux grisonnants soigneusement lissés en arrière, un regard dur et pénétrant qui vous mettait mal à l'aise. Il avait les épaules larges, une stature imposante… et était sans aucun doute la personne la plus détestée de la famille. Un tyran domestique qui avait malmené sa femme Violette, ainsi que tout son entourage. Autoritaire, parfois brutal.

Malgré cela, Mme Pierdeguerre se faisait un devoir, une fois de temps en temps, d'accompagner sa tante sur la tombe de son défunt mari.

Difficile de déchiffrer l'effet que cela avait sur grand-tante Violette qui, une fois encore, semblait se moquer d'être ici ou ailleurs. En tout cas, elle n'avait pas du tout le regard tourné vers le portrait de feu son époux.

Edmond, qui passait tout son temps libre à faire de la randonnée en montagne, avait été un jour surpris par une violente tempête de neige. Aveuglé, marchant au hasard, il était tombé d'une falaise. Les secours l'avaient retrouvé une semaine plus tard, gelé et raide comme une stalactite, après avoir rebondi sur plusieurs rochers, le corps horriblement désarticulé.

L'homme avait disparu alors que Tommy était encore tout petit. Et le rare événement que le garçon gardait en mémoire était un très mauvais souvenir. Il s'en rappelait encore, parfaitement. Surtout du sentiment de terreur qui l'avait envahi.

Il avait l'âge d'Elliot aujourd'hui, et avait malencontreusement renversé le guéridon où trônait la collection de pipes du grand-oncle. L'une d'elles, en rebondissant sur le sol, s'était cassée. L'homme, fou de rage, avait saisi un martinet qu'il gardait à portée de main dans un tiroir. Brandissant le manche aux lanières de cuir, il avait ensuite poursuivi le petit Tommy dans toute la maison. Celui-ci se voyait encore, les yeux pleins de larmes, courant comme un dératé pour lui échapper. « Tu vas recevoir la correction de ta vie ! » avait hurlé le vieux dans son dos. Tommy avait dû son salut à son père qui, arrivé pile à ce moment-là, l'avait tiré des griffes de l'affreux personnage. Une vive dispute avait suivi entre les deux adultes, grand-oncle Edmond critiquant avec vigueur l'éducation de fillette que dispensaient les parents à Tommy. « Un gosse, ça se dresse, ça se redresse, comme un arbre tordu ! » avait-il tempêté, hors de lui.

Maintenant, Tommy se dandinait devant la tombe et, à l'évocation de ce souvenir désagréable, avait bien du mal à détacher son regard de la photographie.

— Allez, on met les voiles, finit par déclarer sa mère avec un soupir. Même avec ce temps superbe, cet endroit me donne le bourdon.

Tommy était bien d'accord.

— Maman, je peux aller, vite fait, dire bonjour à Félix ? demanda-t-il.

12

— Whaaaou, ça, c'est d'la bagouze !

Félix avait tourné la molette de la chaîne stéréo pour mettre la musique en sourdine. Il écarquillait ses grands yeux noirs. Étrangement, Tommy était quasiment certain que Félix *verrait* aussi la bague. De la même façon qu'il était déjà persuadé que ce serait pareil pour Zélie.

En entrant dans l'appartement, il avait été en revanche très mal à l'aise en constatant que les neuf chats du grand-père l'évitaient soigneusement. Alors que d'habitude, sitôt qu'il apparaissait ici, les félins venaient se frotter à ses jambes pour réclamer des caresses. Ressentaient-ils les émanations de la chevalière ?

Tommy raconta ensuite à Félix comment ils avaient trouvé la bague, la découverte des catacombes, le déferlement des rats, précisa que le bijou était invisible aux yeux des autres. Il attendrait que tous les quatre soient réunis, le lendemain, pour évoquer les lombrics. Le temps lui manquait ; sa mère l'attendait dans la rue et elle n'était pas très patiente.

— C'est dément, s'enthousiasma Félix en tripotant la paire de jumelles pendue à son cou. Sûrement qu'avec cette bague que tu peux plus enlever, te voilà possédé, comme dans les films d'horreur.

— Merci Féfé, là, t'es super rassurant.

— Non, mais j'veux dire que, même si c'est flippant, c'est fun, non ?

Tommy douta que *fun* était le terme le plus approprié.

— Demain, réunion de crise chez moi, annonça-t-il. 14 heures, ça te va ?

— Au poil.

— Et puis on a eu aussi une petite altercation avec Kévin et sa bande, hier soir, du côté du camion à pizzas. C'est Zélie qui nous a tirés d'affaire. On te racontera aussi demain.

Le seul fait de mentionner ce prénom-là, Kévin, fit naître une bouffée de chaleur sur le visage déjà convulsé de Félix. Dans le même temps, il serra les poings. Avec une telle force que les articulations de ses doigts blanchirent.

Réaction guerrière classique chez ce garçon.

La voix de sa sœur Joséphine, penchée à la fenêtre de l'étage au-dessus, interrompit sa montée de colère.

— À table !

Annonce qui tira Évariste, le grand-père, de la pièce qui lui servait de bureau, où il passait une grande partie de son temps, penché sur sa collection de timbres.

C'était un homme chaleureux, pourvu d'un visage buriné et d'une barbe volumineuse. Cela lui valait, décembre venu, de jouer le rôle du père Noël dans toutes les écoles maternelles de la ville. Faut dire qu'il aimait les enfants tout autant que son armada de chats.

Sur le mur du salon, un immense drapeau martiniquais, rouge, vert et noir ; ainsi qu'une carte tout aussi vaste, l'île en question, que le vieil homme appelait parfois « Madinina » avec un sourire en biais, un peu triste et terriblement nostalgique.

Félix et ses sœurs n'y étaient jamais allés. Financer le voyage pour toute la famille n'était pas à la portée du porte-monnaie de Mme Monlouis-Bonheur. Même si, parfois, elle leur annonçait à tous, pleine d'espoir : « Un jour peut-être, oui… qui sait… un jour peut-être… retrouver Fort-de-France et la mer des Antilles. »

Les lèvres d'Évariste tiraient sur un énorme cigare. La fumée crachée lui faisait un halo brumeux autour de la tête. Il donna une tape amicale sur l'épaule de Tommy, avant de se tourner vers la fenêtre ouverte et de désigner le cimetière d'un hochement de menton.

— Regarde-moi cet endroit lugubre. Quand je pense que, dans une poignée d'années, ben, j'habiterai en face de chez moi…

Et il éclata d'un rire énorme en tapant du plat de la main sur l'une de ses cuisses.

— On a dit : à table ! recommença, impatiente, la voix au-dessus.

— Nous voilà ma toute belle, nous voilà ! répondit le grand-père. Déjà que ma fille est une bonne cuisinière, alors le repas du dimanche midi, le repas d'après-messe, c'est LE moment que j'attends toute la semaine !

Et sur cette dernière tirade, il se précipita pour sortir de l'appartement, avec dans son sillage, à la queue leu leu, une guirlande de neuf matous.

Quand le dernier bout de queue eut disparu par l'entrebâillement de la porte, le klaxon de la voiture des Pierdeguerre résonna en bas dans la rue, signal que Tommy, lui aussi, devait se dépêcher.

13

Comme la veille, Tommy fut réveillé au beau milieu de la nuit.

Mais cette fois-ci, ce n'était ni Stanislas qui le tira du sommeil, ni les miaulements du chat. D'ailleurs, depuis que la bague était figée au doigt de Tommy, Aldo l'évitait, comme les félins du grand-père de Félix.

Des bruits provenaient du rez-de-chaussée. Tommy se redressa, l'oreille aux aguets, et chercha du bout des doigts ses lunettes sur la table de nuit.

Un chuintement, suivi d'un grincement. Puis encore un chuintement – quelque chose qui glissait, semblait-il – et de nouveau un grincement.

Il quitta son lit. La fenêtre était restée ouverte. Un filet d'air venait chatouiller sa peau. Il était parcouru de frissons.

Tommy s'engouffra dans l'escalier, avec maintenant la boule au ventre. D'autant qu'à chaque marche descendue, les bruits significatifs étaient de plus en plus forts. Il aurait donné cher pour que Stanislas soit avec lui.

Il déboula dans le salon. L'un des volets n'avait pas été fermé, et à travers la vitre, la lune déversait cette lumière pâle, un brin phosphorescente, qui laissait deviner les choses plutôt que de les révéler.

Le garçon porta une main à sa bouche pour étouffer un cri de stupeur.

C'était impossible.

Et pourtant… Grand-tante Violette se trouvait au centre du salon, installée comme d'habitude dans son fauteuil.

Elle portait sa chemise de nuit.

Impossible.

Tommy se souvenait parfaitement, la veille au soir, du départ de l'infirmière, après avoir mis la vieille dame au lit. Elle n'avait pas pu se lever toute seule.

Impossible.

Les chuintements ? C'était les pneus du fauteuil roulant sur le plancher.

Les grincements ? Les roues tournant sur leur axe.

Et surtout, pire que tout, elle le fixait comme elle ne l'avait plus fixé depuis bien longtemps. Car son regard était parfaitement lucide.

Avant qu'il ne se mette à hurler : « MAMAN ! PAPA ! », grand-tante Violette déclama la même phrase que celle qu'elle avait déjà prononcée à la terrasse du café :

— Il va bientôt revenir.

14

Stanislas était dans un tel état d'agitation qu'il faisait des petits bonds sur place.

Il se tenait face à Tommy, et derrière la grille du casque qu'il avait coiffé avant de descendre dans les sous-sols, les pupilles de ses yeux valsaient telles des toupies. Il ne parvenait pas à se calmer.

— Alors ?! Alors ?! T'en vois, là ? Hein ? T'en vois ?

Tommy balaya rapidement le visage de son ami avec le faisceau de sa lampe torche.

— Non, pas l'ombre d'un lombric en vue. Merde, Stan, tu vas pas me demander ça tous les quarts d'heure. Promis, je te tiens informé s'il y a le moindre mouvement d'asticot sur ta face de crapaud.

Le garçon parut momentanément soulagé. Néanmoins, il ne put s'empêcher d'ajouter :

— Tu me le jures ?!

— Oui, je te le jure ! Lâche-moi les baskets, maintenant ! Tu me stresses, t'as pas idée. Et tu crois que c'était vraiment nécessaire d'avoir pris cette… cette tenue ?

Stanislas avait emprunté – sans demander la permission, bien entendu – l'équipement de gardien de hockey sur glace de l'un de ses frères aînés. Recouvert ainsi de tout un tas de protections, largement rembourrées, il avait doublé de volume et se déplaçait d'une façon un peu ridicule.

Il eut un pâle sourire.

— C'est au cas où ces saletés de rongeurs reviennent, avoua-t-il en relevant la grille du casque. Par contre, je crève de chaud là-dedans. Puis c'est sacrément encombrant. Et faut que je fasse attention à pas l'abîmer, sans quoi mon idiot de frangin me démontera pièce après pièce, comme un puzzle humain. Il sait s'y prendre, celui-là, quand il s'agit de me faire la misère.

— Les rats, ils ont débarqué d'où ? s'informa Félix.

Fasciné, les traits comme parcourus de petits soubresauts électriques, il regardait en détail les cloisons entièrement tapissées, du sol au plafond, d'innombrables crânes grimaçants.

— Quatrième et dernier couloir à droite, indiqua Tommy.

Félix n'en revenait toujours pas d'avoir atterri là, dans un endroit aussi lugubre. Il jubilait et, en même temps, ne pouvait détacher son esprit d'une angoisse piquante et inconfortable.

— J'ignore dans quelle histoire pourrie on vient de mettre les pieds, mais ça sent le soufre à plein nez ! J'ai l'impression d'être immergé dans le début d'un film d'horreur, vous savez, quand tous les protagonistes sont encore en vie… Allez, lequel d'entre nous va se faire dézinguer en premier ?

— Tu veux bien la mettre un peu en veilleuse, Féfé, réclama une Zélie tout aussi mal à l'aise. J'ai déjà suffisamment les chocottes comme ça, et mon cerveau n'a toujours pas assimilé tout ce que nous a raconté Tommy tout à l'heure.

Ils s'étaient retrouvés en début d'après-midi dans la chambre sous les toits pour un long débriefing sur la suite d'événements qui s'étaient déroulés au cours des dernières quarante-huit heures. Ils avaient la maison entière pour eux. Les parents Pierdeguerre étaient au travail, Elliot chez sa nounou, et une dame de compagnie avait embarqué grand-tante Violette en promenade. Personne ne réintégrerait les lieux avant la fin de la journée.

L'histoire des asticots que Tommy discernait sur le visage des gens les avait bien sûr glacés d'effroi. Tout autant que la présence inexplicable de la grand-tante Violette au milieu du salon la nuit précédente.

— Le pire, avait précisé le garçon, c'est qu'elle me regardait droit dans les yeux et qu'à ce moment-là, elle avait toute sa tête, elle était parfaitement consciente.

— Puis il s'est passé quoi ensuite ? avait questionné Zélie.

— J'ai hurlé comme un veau, si bien que mes parents se sont levés, complètement affolés.

— Ma croyante de mère te dirait que c'est un miracle, avait plaisanté Félix. Un vrai de vrai, comme au pèlerinage de Lourdes, quand des types paralysés se lèvent subitement de leur fauteuil roulant en criant : « Alléluia, mes jambes fonctionnent de nouveau ! »

— Ce matin, mon père a appelé l'infirmière. Il semble que, aussi incroyable que cela puisse paraître, ce genre de truc peut se produire.

Maintenant, les quatre amis se trouvaient dans la grotte circulaire d'où partaient les boyaux souterrains. Les faisceaux de leurs lampes torches se croisaient et se décroisaient dans les ténèbres, comme des lames de lumière dans un combat de chevaliers.

Félix glissa deux doigts dans les orbites de l'un des crânes, déclarant avec une grimace théâtrale :

— Ouuuuuaaaaaarg, et dire que, jadis, y avait un cerveau bien rangé là-dedans…

— Féfé, c'est parfaitement horrible ce que tu nous sors là, commenta un Stanislas transpirant.

Il avait fini par ôter son casque, remis en place la raie de ses cheveux, et gardait son attention fixée sur l'entrée du couloir d'où s'était déversée la marée de rats.

— T'aurais dû prendre ton arme, dit-il à Zélie.

— Aucun intérêt, tout est trop étroit ici pour pouvoir utiliser un arc.

Un téléphone portable les fit tous sursauter. La sonnerie était agressive, le volume au maximum.

— Désolé, dit Stanislas en se palpant les fesses, sans doute à l'endroit où il avait remisé l'appareil, mais avec la tenue de hockey par-dessus, impossible de l'atteindre. Le nouveau portable que m'a acheté ma mère, ajouta-t-il, confus. D'ailleurs, ça doit sûrement être elle. Vous la connaissez, faut que je sois joignable H24. Pas grave, elle laissera un message, comme d'hab !

Après avoir longuement contemplé le patchwork des têtes de mort, Zélie étudia en détail l'ouverture des différents boyaux. Elle était la seule à avoir pris un sac à dos. Elle y avait rangé ses clés de maison et une trousse de premiers secours, en cas de pépin.

Félix se hissa pour s'asseoir confortablement sur la surface en pierre de l'autel. Il plissa le nez un nombre incalculable de fois, tout en se mordillant la lèvre inférieure.

— Bon, il y a des lettres gravées sur le bijou, dit-il, dont on n'a pas la moindre idée de leur signification. De plus, à certains moments, la bague chauffe le doigt du pauvre Tommy avec plus ou moins d'intensité. Et notamment quand il s'est approché de l'un des coins les plus reculés du cimetière. Et si on allait chercher d'abord de ce côté-là ? Ça tombe bien, je connais l'endroit par cœur, comme c'est juste en bas de chez moi.

— Évitons de nous éparpiller, contesta Zélie. Vu qu'on est là, commençons plutôt par explorer ces souterrains.

Elle demeurait concentrée, à observer minutieusement le contour de l'ouverture des boyaux.

Félix hocha la tête en guise d'assentiment, avant de poursuivre :

— O.K., O.K., d'accord. Et la grand-tante Violette, alors ? Qui c'est donc ce *Il* qui doit revenir ? Si c'est Satan, Tom, j'ai le regret de te dire que t'es dans une merde noire. Te voilà bel et bien possédé. Infime consolation : je peux faire intervenir ma mère pour qu'elle pratique sur toi un exorcisme avec tous ses trucs vaudous…

— Tu te trompes, rectifia Zélie, car tu oublies de préciser une chose : nous sommes apparemment les seuls à voir la chevalière. Ce qui signifie qu'on est tous concernés par cette histoire abracadabrante. On est tous les quatre, même si on ignore pour le moment pour quelles raisons, dans la même galère.

— C'est la cata, c'est la catastrophe, décréta Stanislas. Ou plutôt : c'est la cata, c'est la catacombe.

Et pour la première fois de la journée, il rit de bon cœur.

Félix tapa dans ses mains, ce qui fit sursauter les trois autres.

— Bon, moi je dis : passons à l'action ! Allez, pour gagner du temps, je propose qu'on se sépare. Quatre tunnels, quatre *Magic Losers*. C'est bête comme chou. On en prend un chacun et on voit où ça nous mène.

— Hors de question ! crièrent en chœur Tommy et Stanislas. On ne se sépare pas !

Félix allait se moquer d'eux : « Vous êtes vraiment deux grosses poules mouil... » quand Zélie l'interrompit, la voix empreinte d'une soudaine excitation :

— Je crois avoir découvert quelque chose !

Elle se tenait sur la pointe des pieds et éclairait un point en haut de l'ouverture du premier tunnel sur la gauche.

— Il y a une sorte de petit dessin gravé dans la pierre ! Regardez !

Les autres s'approchèrent. Tommy nettoya en vitesse les verres de ses lunettes avec l'un des pans de son tee-shirt.

— Ah ouais, t'as raison, observa-t-il ensuite. Bien joué, Zélie ! On dirait... on dirait un cercueil vu de dessus. Non ?

— Pas faux, approuva Félix en sifflant légèrement entre ses dents.

— Et avec un peu de chance... poursuivit la jeune fille.

Elle longea la paroi rocheuse, chercha fébrilement au-dessus de la seconde ouverture.

— Bingo ! cria-t-elle. Il y a une autre inscription ici !

— C'est la Sainte Croix, celle sur laquelle on a crucifié Jésus, constata Félix, ça aussi je connais par cœur. Chez moi, y'en a une accrochée dans chaque pièce.

Tommy se précipita sur la troisième entrée, tandis que Stanislas, engoncé dans sa combinaison de hockey, rejoignait d'une allure pataude la quatrième.

— Sur celle-ci, un livre ouvert… Une sorte de grimoire, on dirait, constata le jeune Pierdeguerre.

Alors que Stanislas, après avoir passé la roche au peigne fin, dut se résigner.

— Sur celle-ci, il n'y a rien.

— Tu es sûr ? demanda Zélie.

— Certain. Et c'est de là qu'ont débarqué les rats.

— Alors il ne nous reste plus qu'à décider par quel souterrain on commence, conclut la jeune fille.

Elle se tourna vers Tommy, et doucement, le saisit par les épaules.

— Tommy, dit-elle, c'est toi le porteur de la bague. Ne me demande pas pourquoi je te sors ça, mais je pense que c'est à toi de choisir. Ferme les yeux, écoute ton instinct.

Il obtempéra et, au bout de quelques secondes, annonça son choix.

15

— Alors, Stanislas, t'es en train de chauffer ? se moqua gentiment Félix.

— M'en parle pas, c'est une vraie cocotte-minute là-dessous. Je vais cuire comme un œuf à la coque. C'est quand même dingue, ce couloir qui n'en finit plus... Ça fait combien de temps qu'on marche, là ? Si ça continue, on va finir par vider les piles de nos lampes et être obligés de se coltiner le voyage du retour dans le noir complet.

— Ça fait presque une heure, évalua Zélie.

Dans les profondeurs de la terre régnait un silence de sépulture, et la moindre parole proférée, le moindre battement de basket sur le sol nu produisaient de l'écho.

— Pourquoi avoir choisi ce chemin-là ? demanda la jeune fille à Tommy.

— Parce que, comme tu le sais, j'adore les livres.

Il ajouta dans un soupir :

— Et puis soyons honnêtes, le dessin du grimoire était le moins flippant de tous.

Zélie éclata de rire. Un rire cristallin qui alla rouler le long du boyau, joyeusement rebondir de paroi en paroi.

Un peu plus loin, comme Stanislas était de plus en plus à la traîne, la jeune fille laissa les deux autres prendre de l'avance et s'arrêta le temps que le pseudo-gardien de hockey parvienne à sa hauteur.

Il respirait bruyamment et transpirait tellement que ses cheveux étaient trempés.

— Tu vas finir par nous faire un malaise. Tu devrais enlever ce barda.

— Et si les rats débarquent, alors ? Au moins, j'aurai un minimum de protection. Et tant pis si, pour ça, je dois baigner dans mon jus…

Stanislas lui servit un petit sourire en coin.

— Vu ma condition physique, ça a aussi du bon de transpirer. La Générale serait en joie si je perdais quelques kilos, vois-tu.

Zélie lui sourit.

— La Générale, ça m'a toujours fait marrer, cette façon que tu as d'appeler ta mère… Et ton père, c'est quoi alors ?

— Oh mon père, c'est plutôt le Colonel. Haut gradé aussi, mais hiérarchiquement en dessous. T'as pas la trouille des rats, toi ?

La jeune fille ébaucha un début de grimace.

— On peut pas dire que je sois très à l'aise en présence de rongeurs, mais non, pas au point de paniquer si j'en croise. Le seul animal qui me tétanise vraiment, c'est le loup. L'année dernière, mes parents nous ont emmenées, Mauve et moi, visiter un grand zoo. Et le clou de l'endroit, c'était justement une vingtaine de loups. Fallait les voir, tourner inlassablement dans un enclos mille fois trop petit pour eux. Je suis restée paralysée, à observer leurs va-et-vient incessants. Malgré le grillage qui me protégeait d'eux, j'étais clairement terrorisée.

C'était très rare que Zélie évoque sa petite sœur Mauve, de cinq ans sa benjamine. De ce que les garçons en avaient vaguement compris, la fillette restait tout le temps à demeure à la ferme et était déscolarisée depuis plus d'une année, car considérée comme une enfant fragile et pourvue d'un étrange tempérament.

Une seule fois, Zélie avait lâché au milieu d'une conversation : « Ma sœur a un lien fort et tout à fait étonnant avec les animaux, domestiques ou sauvages, et ce, quelle que soit l'espèce. »

— Je suis trop fan du tee-shirt que t'as mis aujourd'hui ! dit Stanislas.

— Ouaip. *Indiana Jones et le Temple maudit* est le second volet de la saga, sorti en…

Pour une fois, question cinéma, Stanislas lui coupa l'herbe sous le pied :

— En 1984. Avec Harisson Ford, bien sûr, Kate Capshaw, Jonathan Ke Quan, mais aussi Amrish Puri et Roshan Seth. Je suis un inconditionnel. Tu sais bien qu'Indiana a toujours été mon héros préféré, mon modèle ! Un jour, je…

Ils furent interrompus par des appels enthousiastes et accélérèrent le pas. Sans doute devaient-ils être enfin arrivés au bout du tunnel.

Mais après les avoir rejoints, ils constatèrent que Tommy et Félix avaient déjà déchanté.

— Un cul-de-sac, râla ce dernier. Toute cette marche pour que dalle !

Ils avaient abouti, non pas contre une paroi de roche ou de terre, mais contre un véritable mur, uniforme et lisse.

— Attendez, on va pas baisser les bras maintenant, décréta Tommy en s'agenouillant et en promenant sa main d'abord à la base du mur, doit forcément y avoir quelque chose pour...

Il poursuivit ses recherches sur le côté gauche, se figea soudain. Son doigt avait rencontré un tout petit orifice au plus près de la bordure, à environ un mètre cinquante du sol.

— Là, il y a un truc ! déclara-t-il excité.

— Montre voir, dit Félix en ajustant le faisceau de sa lampe.

Il y avait en effet une cavité, pas plus grande qu'un centime de monnaie, de forme légèrement ovale.

Tommy se tourna vers ses compagnons, le visage soudain lumineux.

— Je crois que j'ai capté. Attendez-vous, je pense, à un truc trop trop cool...

Il approcha sa main droite et, délicatement, enfonça dans l'orifice le dessus de la chevalière. La partie supérieure du bijou s'emboîta parfaitement dans le trou. S'ensuivit une série de plaintes métalliques qui les firent sursauter. Couinements et grincements qui s'échappaient de la cloison elle-même. Toute une machinerie mécanique, invisible, qui se mettait en route.

La cloison glissa lentement sur son axe. Tommy eut tout juste le temps de retirer la bague, avant qu'une ouverture se fasse, suffisamment large pour s'y glisser en courbant tête et échine. Une lumière vive vint creuser les ténèbres.

— Un passage secret, constata Zélie. Waaouh ! C'est la classe internationale !

Félix, juste avant d'entrer à son tour, tapota la joue de Tommy, d'une façon toute paternelle.

— Ben tu vois, mon poulet, elle n'a pas que des côtés négatifs, cette bagouze.

Stanislas s'y faufila ensuite. Et pareil : avant ça, il s'attarda un instant à hauteur de Tommy, le temps, lui aussi, de tapoter sa joue.

— Bien joué, mon tigre ! C'est toi le champion.

— Appelle-moi encore une fois comme ça et je te fais bouffer ta tenue de hockey, pièce après pièce.

Zélie leva les yeux au ciel.

— La débilité des garçons n'a aucune limite, considéra-t-elle ouvertement. À certains moments, vraiment, je rêve qu'une deuxième fille intègre les *Magic Losers*…

16

Après être restés si longtemps dans l'obscurité, les amis clignèrent des yeux, saisis par la lumière blanche que crachaient plusieurs lampes halogènes.

Ils venaient d'atterrir dans un long corridor, qui se terminait sur un escalier en colimaçon. À l'architecture des lieux, ils comprirent qu'ils avaient remis les pieds, en quelque sorte, dans le XXIe siècle. Car c'était bien là des cloisons en béton, un sol carrelé, et sur leur gauche, plusieurs portes, tout à fait classiques, en enfilade.

À la surprise des trois autres, Tommy se retourna vers la trappe secrète, et instinctivement, débusqua une autre encoche, à droite de l'ouverture cette fois. Et comme s'il avait déjà fait ça des milliers de fois, il ajusta de nouveau le dessus de la bague dans la petite cavité ovale. Le pan glissa une nouvelle fois sur son axe, bouchant le passage par lequel ils étaient arrivés.

— Bon sang… on est où, là ? s'interrogea tout haut Félix.

Car un peu plus loin sur leur droite, il y avait une autre ouverture, mais de facture complètement différente. Un trou béant avait été creusé, la pierre frappée à la masse. Ça faisait comme la gueule édentée d'un monstre marin. Des voix, en sourdine, leur parvenaient.

Vite, Zélie intima le silence en posant l'un de ses index devant ses lèvres. Et dans le même mouvement, elle se mit dos au mur. Les autres l'imitèrent.

Tommy, qui se tenait le plus près de la mystérieuse entrée, se déplaça en crabe en faisant glisser précautionneusement les semelles de ses baskets pour ne pas faire de bruit, avant de tenter un rapide coup d'œil à l'intérieur de l'ouverture.

Une vaste pièce tout en longueur, basse de plafond. On percevait des relents d'humidité et de moisi, comme si l'endroit était resté confiné pendant très longtemps. Une longue table centrale supportait des documents, innombrables et soigneusement empilés. Ça faisait des tas si hauts qu'on aurait dit une grande maquette d'immeubles en papier. Et farfouillant dans tout ça, prenant des notes et s'apostrophant tout bas, trois individus en combinaison blanche, avec des casques à la visière opaque qui dissimulaient leurs traits.

— Qu'est-ce que c'est que ce délire ? On dirait des cosmonautes, s'étonna un Stanislas toujours aussi transpirant.

Lui aussi avait passé une tête.

— C'est une base secrète de la NASA ou quoi ?

Tommy lui saisit l'un de ses bras matelassés pour le tirer en arrière.

Il venait de comprendre où ils se trouvaient.

— C'est une partie des anciens sous-sols du monastère ou du couvent, souffla-t-il discrètement à ses compagnons. C'est la fameuse salle d'archives qui date du Moyen Âge, celle qu'ils ont découverte il n'y a pas longtemps. Ce qui explique que le dessin gravé à l'entrée du souterrain qu'on a emprunté soit une sorte de grimoire.

— Alors, ça veut dire, percuta à son tour Zélie, qu'on est sous la bibliothèque. C'est incroyable… Je veux dire le chemin qu'on a parcouru. L'étendue des souterrains…

— C'est clair, convint Félix. Parce qu'il y a quand même une sacrée marche entre chez toi et la bibliothèque, mon tigre.

Tommy se rembrunit.

— Tu vas pas t'y mettre toi aussi, à m'appeler comme ça.

Et il lui asséna un petit crochet du poing dans l'épaule. Félix le lui rendit aussitôt, et en y mettant, évidemment, beaucoup plus de force, si bien que Tommy lâcha un petit cri de douleur.

— Vous êtes débiles ou quoi, grogna la jeune fille, vous allez nous faire repérer… Bon, qu'est-ce qu'on fait ?

Une fois de plus, elle s'était adressée à Tommy. Le garçon prenait de plus en plus conscience – et ça ne l'enchantait pas, mais alors pas du tout – qu'étant le porteur de la bague, ses amis attendaient de lui qu'il prenne plus ou moins les décisions.

— On rouvre le passage secret, proposa Félix, et on repasse par les catacombes pour revenir chez toi.

Tommy secoua la tête.

— Non, Stan avait raison tout à l'heure : les piles de nos lampes ne supporteront pas un autre trajet aussi long. Pas le choix, faut qu'on prenne l'escalier là-bas au fond et qu'on sorte par l'entrée de la bibliothèque sans trop se faire remarquer. D'autant que ma mère sera forcément dans les parages.

Avant qu'ils ne se mettent en mouvement, Zélie récupéra les lampes torches, qu'elle remisa ensuite dans son sac à dos.

Tel un commando de soldats, ils franchirent un par un le couloir. Bien trop affairés à leur tâche, les cosmonautes ne remarquèrent pas leur présence.

Puis ils grimpèrent l'escalier en colimaçon.

Toujours en tête des opérations, Tommy entrebâilla légèrement la porte une fois qu'ils furent au rez-de-chaussée du bâtiment. En ce début de grandes vacances scolaires, il y avait peu de monde dans le dédale des rayonnages. Il aperçut sa mère, plutôt loin sur leur gauche, occupée à discuter avec l'une de ses collègues. Une chance, elle avait le dos tourné.

« Bon, inutile de tergiverser cent cinquante ans » se dit le garçon en s'élançant ventre à terre dans les travées. Les autres lui emboîtèrent le pas. Félix ne pouvait s'empêcher de pouffer en suivant Stanislas, bringuebalant dans sa tenue. C'était rare de voir un gardien de but de hockey traverser au pas de charge les allées feutrées et silencieuses d'une bibliothèque.

D'autant qu'à chaque virage, encombré par son accoutrement, il manquait tirer tout droit, tanguait pour reprendre la courbe adéquate, tel un bateau pris dans une tempête. Un miracle, à quatre reprises, qu'il n'aille pas s'étaler au sol.

Ils croisèrent un groupe de jeunes filles qui, surprises, les regardèrent passer avec des yeux ronds comme des billes. Ainsi qu'une vieille dame à la mine austère et sinistre que Zélie faillit bousculer.

— Mais où se croient-ils, ceux-là ! rouspéta-t-elle. Dans un gymnase ? !

Ils parvinrent devant la grande baie vitrée, assortie de sa double porte.

Après leur long périple sous terre, ils retrouvèrent enfin le ciel bleu immaculé. La lumière extérieure était éclatante.

Ils franchirent le parvis du bâtiment, dégringolèrent la volée de marches. Avec une telle précipitation, que Tommy, aveuglé par les rayons de l'astre, entra de plein fouet dans quelqu'un.

La personne se tenait de dos. Lentement, elle se retourna.

« Et merde… » pensa Tommy. Et reprenant la petite formule de Stanislas, cette fois tout haut, mais d'une voix toute fluette :

— C'est la cata… c'est la catacombe.

Car le badaud qu'il venait de percuter n'était autre que le grand Sofiane.

Et il fallait s'y attendre : il n'était pas seul. Kévin, Antoine et Amir lui tenaient compagnie… ainsi que ce bon vieux Méphisto.

17

Sofiane balança son rire de crécelle et, dans le même temps, attrapa de sa grande paluche la nuque de Tommy. Puis il colla son front contre le sien. Ses petits yeux rapprochés lançaient des éclairs. Son souffle était si proche que ça fit de la buée sur les lunettes du garçon.

— Je vois que cette saleté de Robine des bois n'a pas pris son arc aujourd'hui, grinça-t-il. Je boite encore, suite à la flèche que j'ai reçue l'autre jour.

— Non mais, regardez ce gros lourdaud, ricana Amir à l'adresse de Stanislas, la patinoire, c'est pas du tout dans ce coin de la ville, idiot !

Méphisto aboya à plusieurs reprises. Il avait les pattes avant en l'air et tirait sur sa laisse comme un diable, tandis que son maître fixait la bande.

Félix était branché sur du deux-cent-vingt volts. Une ribambelle de grimaces déformait ses traits métissés.

— Mince, dit Stanislas, c'est bien la première fois que je vous vois devant la bibliothèque. Soyez prudents les gars, à rester trop près de ces portes, vous risquez de choper des effluves d'intelligence !

— *Stratégie Numéro 3* ! cria Zélie l'instant d'après.

Il y en avait cinq au total. Des codes pour être réactifs en cas de problème. La *Numéro 3* consistait à se séparer en deux groupes, chacun partant dans des directions opposées.

Et ce, si possible, à la vitesse de la lumière. D'autant quand il y avait en face un gros bulldog à la toison grise.

Les *Magic Losers* s'exécutèrent en mettant leur cerveau de côté. Félix semblait excédé. Normal, il n'était pas très adepte de la *Stratégie Numéro 3*. Il aurait préféré qu'on parte sur la 5. Plus simple encore, à savoir : on se bat jusqu'à ce que mort s'ensuive.

En mettant les mains à plat, Tommy frappa de toutes ses forces la poitrine osseuse de Sofiane. Surpris, celui-ci lâcha prise et fit une reculée de plus d'un mètre. Comme ils se trouvaient dans les escaliers, le garçon à tête chevaline perdit l'équilibre et bascula en arrière, rattrapé de peu par Antoine.

En un clin d'œil, Zélie et Félix décampèrent à toutes jambes sur leur droite. Stanislas et Tommy sur leur gauche.

Le centre-ville de Claire-la-Jolie, avec son défilé ininterrompu de piétons et les va-et-vient incessants de la circulation. Voitures, deux-roues, bus.

À la première chaussée qu'ils traversèrent, Tommy et Stanislas manquèrent se faire rouler dessus. Un volumineux 4/4 qui pila *in extremis*. Hors de lui, le conducteur klaxonna à plusieurs reprises.

— Bon sang, je suis trop jeune pour mourir aujourd'hui ! se lamenta le hockeyeur quand ils atteignirent le trottoir d'en face. Tom, j'ai pas d'asticots sur la figure ?!

— Tais-toi et cours !

Ils slalomèrent entre les passants. Déjà qu'habituellement, Stanislas n'avait pas la vélocité d'un guépard, alors là, avec sa tenue singulière, il y avait peu de chance qu'ils sèment leurs poursuivants.

De nouveau, sous sa combinaison, le téléphone se mit à sonner.

— Là, c'est sûr, encore moins que tout à l'heure, je peux pas répondre…

Tommy jeta un œil par-dessus son épaule.

— On a Amir, Kévin et son foutu chien aux fesses ! annonça-t-il, pris de panique.

— Les pires, si tu veux mon avis ! répondit Stanislas, déjà haletant. Toujours Zélie et Féfé qui sont les plus vernis !

Un détail non négligeable : le chef de la bande n'avait pas encore lâché la laisse de son molosse.

Alors qu'ils bifurquaient dans une rue piétonne où aucun véhicule ne circulait, ils sillonnèrent des terrasses de café à moitié pleines. Sans aucune hésitation, et sans ralentir sa course, Tommy attrapa au passage plusieurs petites tables rondes inoccupées, qu'il balança derrière lui. Il y eut des cris de protestation parmi les adultes, et un des serveurs essaya d'intercepter Stanislas en lui barrant la route.

— Je suis en passe de mettre un *TOUUUUUCH DOWWWWN* ! hurla le garçon, en référence à leur jeu fétiche. DÉSOLÉ ! ajouta-t-il ensuite en percutant l'homme d'un mouvement d'épaule.

Ce dernier fut soulevé de terre et alla s'étaler à un mètre de là. Le plateau qu'il tenait, surchargé de consommations, s'envola tel un grand Frisbee. Il y eut, la seconde d'après, une incroyable détonation de verre brisé.

Ils sortirent ainsi en fanfare de la rue piétonne.

De nouveau plusieurs carrefours. Des feux rouges et une circulation des plus denses. Tommy regarda encore derrière lui.

Le ramdam qu'ils avaient occasionné n'avait pas servi à grand-chose. Leurs poursuivants avaient même grignoté du terrain.

— Vous allez voir ! beugla Kévin à leur encontre. Question *Stratégie*, nous autres, on n'en a qu'une seule : vous défoncer la face !

Sans même s'en apercevoir, ils franchirent le portique de l'entrée d'un square.

— Oh là là, je suis pas sûr que ce soit un choix très pertinent, gémit Stanislas.

Et en effet, ils n'eurent pas d'autre alternative que d'enjamber des bambins hauts comme trois pommes, d'esquiver des tricycles et des poussettes. Tommy dut même bondir par-dessus l'arrivée encombrée d'un toboggan.

— Vise là-bas ! avertit le garçon une fois qu'il eut franchi l'obstacle. C'est notre seule chance !

— Quoi ?!

— Le bus !

De l'autre côté du square se dressait l'abri vitrifié, et s'approchant sur la droite, le bus était tout juste à trente mètres de son prochain arrêt.

— En plus, c'est la ligne 2, celle qui passe devant chez toi ! ajouta Stanislas, l'espoir au ventre.

— Le timing va être short, mais c'est jouable ! Allez !

La sortie du jardin pour enfants était maintenant toute proche, et grâce au ciel, ils n'avaient provoqué aucun carambolage.

Les autres venaient eux aussi d'entrer dans la place. Sans le moindre scrupule, malgré la présence d'enfants en bas âge, Kévin décida de libérer Méphisto.

Stanislas transpirait tellement que des filets de sueur lui voilaient les yeux. Suffisamment longtemps pour qu'il se prenne malencontreusement les pieds dans la bordure d'un bac à sable. Il roula au sol sans même avoir le temps de pousser un cri.

Tommy s'aperçut de la chute de son ami. Alors qu'il se situait à présent tout près de la sortie du square, il s'arrêta net de courir.

Le chien venait droit sur eux.

— La tête de renard à lunettes ! ordonna de loin Kévin. Bouffe-moi d'abord le rouquin !

— Alors là ! cria Stanislas en se glissant péniblement sur les genoux pour ensuite se relever. Faudra d'abord me passer sur le corps !

Et une fois debout, il projeta tout son poids, de façon à couper la route du molosse.

Méphisto, habité par sa seule rage, ignora dans un premier temps la consigne de son maître et saisit entre ses mâchoires l'un des bras matelassés du hockeyeur, tirant, tordant et déchirant les tissus.

Stanislas ne se démonta pas pour autant. Il secoua son bras en tous sens dans le but d'envoyer valdinguer le chien.

— LE ROUQUIN, JE T'AI DIT ! réitéra Kévin.

Cette fois, Méphisto obtempéra, lâcha prise et partit comme un boulet de canon sur Tommy. Dans une sorte d'état semi-conscient, celui-ci se mit en position accroupie, et quand le bulldog fut sur lui, il tendit simplement les mains, attendant que la gueule écumante rencontre ses paumes ouvertes. La chevalière lui chauffait le doigt, quelque chose de terrible.

Ensuite, pour le garçon, ce fut le trou noir.

Quand Tommy reprit ses esprits, Stanislas le tenait par le coude et lui enjoignait de gravir les quelques marches du bus. Les portes en accordéon se refermèrent derrière leur dos et le véhicule s'engagea, ronronnant, dans la voie qui lui était attribuée. Les gens présents les dévisageaient.

Stanislas fit le triste constat de l'état de sa tenue.

— Elle est toute bousillée, se plaignit-il, mon frère va me tuer… Et en plus, j'ai laissé tomber et oublié le casque quand je me suis étalé près du bac à sable.

Alors que le bus s'éloignait du parc, Tommy regarda à travers la vitre.

Kévin et Amir étaient agenouillés. Entre eux, Méphisto, couché sur le flanc. L'une de ses pattes avant remuait dans le vide, légèrement, alors que son maître lui caressait le haut du crâne et lui murmurait des choses à l'oreille.

— Bon sang, Stan, j'ai eu comme une sorte d'absence. Et… et je ne me rappelle pas de ce qui est arrivé juste après que cette saleté de chien m'a foncé dessus.

En disant cela, il observa la bague.

Elle avait repris sa tiédeur habituelle.

18

— C'était juste hallucinant ! claironna Stanislas. Tu t'es posté pile à la hauteur du chien, fin prêt pour te faire dévorer le visage… et c'est sans doute exactement ce qui serait arrivé, si t'avais pas fait ce truc étrange.

Tommy écoutait son ami lui faire le récit de ce qu'il avait raté. Il avait les traits crayeux, semblait sujet à une grande fatigue. Et il avait la désagréable intuition que le bijou, peu à peu, le plongeait dans une sorte de déprime. Depuis que le bus les avait déposés à l'entrée du lotissement, qu'ils avaient retrouvé les sous-pentes de sa chambre, son moral était à zéro.

Il prit les quelques dés posés sur la boîte de *Blood Bowl* et les fit rouler sur le couvercle, juste comme ça, histoire de s'occuper les mains. Toutes sortes d'idées noires se télescopaient dans son esprit.

Stanislas était lui, guilleret, savourait d'avoir une nouvelle fois échappé à Kévin et sa bande. Et puis il était soulagé de s'être enfin débarrassé de la tenue de gardien de hockey ! Pour l'instant, il évitait de penser à la correction que son frère ne manquerait pas de lui donner quand il verrait l'état de son équipement.

— T'as fermé les yeux, comme si tu faisais un exercice de méditation, tu vois. Après, t'as tendu tes mains, comme ceci…

Stanislas prenait plaisir à décrire la scène en reproduisant chacun des gestes de son ami.

— … Cette fois dans le style Yoda qui va utiliser la Force et, quand tes paumes sont entrées en contact avec la tête du monstre, t'as déclamé trois fois le mot *fochefenaille*, ou *fochepenaille*, je sais plus exactement, mais quelque chose dans l'genre.

Tommy releva la tête, dévisagea Stanislas d'une façon intense.

— T'es vraiment sûr de toi ?

Le garçon leva sa main droite.

— Sûr et certain. Je jure, sur l'honneur des *Magic Losers*… Et puis là, le Méphisto, il a poussé un gémissement terrible, un truc qui lui venait des entrailles, et il s'est avachi sur le côté. Après, je me suis dépêché d'aller te chercher pour te guider jusqu'au bus. T'étais à l'ouest total.

— Tu… tu crois que je l'ai tué ?

— Non, il a continué de remuer après. Mais il avait l'air plus que sonné.

Deux étages en dessous, on tambourina à la porte.

Quand le reste de la troupe fit son entrée, Tommy et Stanislas furent soulagés. Zélie et Félix avaient réussi à s'échapper, et qui plus est sans trop de dégâts. Ce dernier arborait néanmoins un joli coquard à l'œil droit.

— Sofiane s'est en quelque sorte vengé sur Féfé de mon superbe tir de l'autre jour, expliqua la jeune fille.

— Même pas mal, crâna Félix, puis j'ai pu quand même lui asséner deux trois uppercuts dans le ventre. Certain que ce soir, il aura pas de problème de constipation.

— Une chance qu'avec Antoine, ils ne soient pas très rapides. On a fini par les semer sans trop de mal.

— Antoine, le beau gosse de service. Il a tellement peur qu'on lui égratigne son visage de dieu grec à la con, qu'il évite soigneusement la mêlée. Ça le rend encore plus fourbe, tiens… compléta Félix en se laissant tomber sur le lit. Quel kif, cette journée : une petite promenade dans des catacombes et une petite baston avec la crème des crétins de Claire-la-Jolie !

Zélie s'assit à même le sol et peigna ses cheveux de plusieurs revers de doigts.

— Et vous, alors ? demanda-t-elle ensuite.

Stanislas raconta tout, s'attardant sur chaque détail, tandis que Tommy, silencieux, continuait de procéder à d'inutiles lancers de dés.

— *Fochefenaille* ou *fochepenaille*… Drôles de mots, reconnut Félix, dubitatif.

Ils attendirent que M. et Mme Pierdeguerre soient de retour avant de prendre congé. Tommy, légèrement penaud, leur avait demandé de rester. Il appréhendait de se retrouver seul dans la maison.

Le ciel glissait pesamment mais sûrement vers le crépuscule, quand il les raccompagna jusqu'au portail et les salua d'un mouvement de main.

Ils avaient convenu de se retrouver le lendemain à la même heure.

19

Ce soir-là, Tommy resta un bon moment enfermé dans la chambre d'Elliot pour lui faire la lecture de ses livres préférés. Suspendu aux lèvres de son grand frère, l'enfant rayonnait de bonheur. Il en faisait aussi profiter sa tribu de peluches en les installant tout autour d'eux. Un auditoire attentif et silencieux. D'habitude, le chat Aldo venait aussi écouter, vautré sur le lit et à moitié somnolent. Mais cette fois-ci, il était aux abonnés absents. Il continuait de fuir comme la peste le garçon et son inquiétante bague.

Ce moment permit à Tommy de souffler un peu, à savoir : remiser pour un moment au fond de son esprit les événements déroutants de la journée.

Un étage en dessous, son père annonça :

— À table !

Ils avaient laissé en fond sonore le ronronnement de la télé. Comme toujours, la mère de Tommy pépiait comme un moineau. Elle racontait par le menu la foule d'anecdotes de sa journée, tandis que M. Pierdeguerre, plutôt discret et taciturne, écoutait seulement d'une oreille. Quand le repas fut servi, il manœuvra le fauteuil de grand-tante Violette pour qu'elle se joigne à eux.

— Au mois d'août, il faut éviter d'aller sur la plage avant 17 heures, déclara-t-elle soudain, son regard presque vide fixant un point invisible devant elle. Le sable est bouillant et tu risques de te brûler le cul.

Surpris par une tirade aussi désopilante, tout le monde éclata de rire.

L'ambiance du repas fut joyeuse. Pourtant, Mme Pierdeguerre lança à plusieurs reprises des regards en biais du côté de Tommy.

— Tu es sûr que ça va comme tu veux ? s'enquit-elle au moment du dessert.

— Ben oui. Pourquoi tu dis ça ?

— J'ai l'impression que tu es préoccupé. Et puis tu n'as pas très bonne mine.

Elle posa une main sur son front pour vérifier s'il avait de la fièvre.

— Tu ne me couverais pas une cochonnerie, toi…

— Non, t'inquiète. C'est juste qu'avec la chaleur, je ne dors pas très bien la nuit.

Sa mère hocha la tête, mais elle n'avait pas l'air tout à fait convaincue.

Le dîner terminé, tandis que M. Pierdeguerre débarrassait la table et s'apprêtait à faire la vaisselle, Tommy leur demanda :

— Ça vous dit quelque chose, le mot *fochefenaille* ou *fochepenaille* ? Un truc dans le style.

Ses parents échangèrent un regard.

— Où as-tu entendu ce nom ? questionna son père, tout de suite intéressé.

— En cours d'Histoire, pas longtemps avant le début des vacances, broda Tommy. Alors, vous connaissez ?

— C'est Fochetenaille, Abbon Fochetenaille, précisa Mme Pierdeguerre. Un moine qui vivait au monastère au temps du Moyen Âge.

— Début du XIIIe siècle, précisa aussitôt son père. On a retrouvé pas mal d'éléments sur lui, notamment des traités de médecine rédigés de sa main.

— Oui, c'était une personne assez éminente en son temps. Une sorte de guérisseur, très connu et très réputé à Claire-la-Jolie.

— Claire-la-Joie, rectifia M. Pierdeguerre d'un ton professoral.

— Claire-la-Joie ? s'étonna le garçon.

— Oui, expliqua sa mère, la ville s'appelait ainsi à l'époque. Au fil des siècles, un « L » est venu s'ajouter entre le « O » et le « I », et on ignore le pourquoi du comment. Cela arrivait parfois avec les noms propres. Des gens ou des lieux... Abbon Fochetenaille était également sollicité par les bourgeois et les nobles de la ville. Cela lui donnait un statut privilégié dans sa condition de moine. Visiblement, il était très doué, en avance sur son temps.

Tommy enregistrait consciencieusement chacune de leurs paroles.

— C'était également l'un des seuls moines à intervenir entre les murs du couvent, continua sa mère en passant un coup de balai dans la cuisine. Les bonnes sœurs y avaient créé un petit orphelinat, et Fochetenaille, de ce que l'on sait, s'y investissait beaucoup. Il aimait s'occuper des enfants déshérités, participer à leur éducation, leur offrir un enseignement.

— Je suis certain que, dans la salle des archives récemment découverte, se trouvent d'autres de ses écrits, affirma M. Pierdeguerre.

Puis il leva un doigt en l'air, avant d'ajouter :

— C'était un personnage d'autant plus singulier que…

Les parents de Tommy échangèrent un sourire de connivence.

— D'autant plus singulier que ? relança le garçon, intrigué.

— Il est quelquefois cité comme une sorte d'illuminé. Il y avait des rumeurs abracadabrantes à son sujet, comme quoi il s'intéressait aussi, dans le plus grand secret bien sûr, à la sorcellerie. Bref, qu'il lui arrivait de s'aventurer sur des sentiers pas très catholiques.

— Sans doute des sornettes, dit sa mère. Si cela avait été avéré, il aurait fini torturé puis condamné à brûler sur un bûcher comme hérétique. On rigolait pas avec ça à l'époque !

M. Pierdeguerre fronça les sourcils.

— Alors que l'on sait, et de source sûre, qu'il a été assassiné… Par qui ? Ça, mystère et boule de gomme. Et puis personne n'a jamais su où il a été ensuite enterré. Aucune trace d'une tombe, d'une sépulture…

Tommy sentit que la tête lui tournait un peu. Il tâcha de se ressaisir. Au moins venait-il d'apprendre des choses sur ce nom qu'il avait prononcé de façon inconsciente cet après-midi.

Sa mère s'immobilisa, se frotta le menton et dit à son mari :

— D'ailleurs, je viens de réaliser : la période où Abbon Fochetenaille officiait au monastère et au couvent, ce n'est pas la même que celle sur laquelle tu butes pour retrouver ton ascendant sur l'arbre généalogique ?

— Ah oui, tiens, tu as raison. C'est pile sur les mêmes décennies.

La conversation se termina quand on sonna à la porte. C'était l'infirmière qui venait se charger du coucher de grand-tante Violette.

Tandis que Mme Pierdeguerre rejoignait l'étage pour aller mettre Elliot au lit, M. Pierdeguerre proposa à son fils :

— Je me regarderais bien un film d'horreur. Qu'est-ce que tu en dis ? J'ai vu qu'il y avait un super classique programmé ce soir : *La Nuit des Morts-Vivants*. Tu vas adorer !

Bien qu'il n'ait jamais vu ce film, Tommy connaissait ce titre, car il apparaissait sur l'un des tee-shirts que portait souvent Zélie.

À la surprise de M. Pierdeguerre, Tommy déclina l'offre. Avec ce qu'il vivait en ce moment, il n'avait aucune envie de se plonger dans un film d'horreur.

Qui plus est juste avant d'aller retrouver l'obscurité de sa chambre.

Et puis il se sentait épuisé.

À peine fut-il allongé dans son lit, d'ailleurs, qu'il sombra dans un sommeil sans fond.

20

Autour de 3 heures du matin.

Tommy ne sut ce qui le réveilla en premier : la chevalière qui chauffait à son doigt ou les bruits feutrés qui venaient du rez-de-chaussée.

En se redressant et en tendant l'oreille, il identifia également des voix chuchotées.

Le garçon se raidit.

— Oh non, ça ne va pas recommencer, gémit-il tout haut en bondissant de son lit et en rejoignant à pas de loup le seuil de sa chambre.

Il tendit l'oreille.

Il ne s'était pas trompé : deux étages plus bas, quelqu'un se déplaçait et parlait.

Il respira un grand coup, chercha un élan de courage, là-bas, bien au fond de ses tripes.

Sûrement que c'était de nouveau grand-tante Violette et ses promenades miraculeuses au milieu de la nuit. Allez, le tout était de conserver son sang-froid car, si, comme la fois précédente, elle était parfaitement consciente, c'était l'occasion de la questionner.

« C'est qui ce *Il* censé revenir ? Hein ? Le Diable ou je ne sais quelle créature infernale ? Ou alors ce fameux Abbon Fochetenaille ? Le propriétaire de la bague ? Ou Dieu sait qui encore ? »

Parvenu à l'étage où se trouvait la chambre de ses parents, il s'immobilisa et retint son souffle.

« Oh bon sang, constata-t-il, un vaste frisson remontant le long de sa colonne vertébrale, y'a pas qu'une seule voix, en fait. »

Tommy n'avait plus une once de salive. Et malgré la température chaude dans la maison, il se sentit tout à coup glacé de la tête aux pieds.

— T'es pas un trouillard, t'es pas un trouillard, t'es pas un trouillard… égraina-t-il comme une prière, alors qu'il s'engouffrait prudemment dans la dernière descente d'escaliers.

Parvenu dans l'entrée du salon, un spectacle différent mais tout aussi surréaliste que la nuit précédente l'attendait.

Il en eut un haut-le-cœur et, l'espace d'un instant, crut qu'il allait rendre son repas de la veille.

Ses parents et Elliot se trouvaient là, debout, en pyjama et chemise de nuit, parfaitement réveillés.

Ils tournaient lentement en rond dans la pièce, sans se toucher, ni s'adresser la parole. Et chacun ne semblait pas se rendre compte de la présence des autres. Leurs gestes étaient mécaniques. Des somnambules déconnectés de la réalité.

Et ils marmonnaient dans leur barbe, incessamment, répétant à l'infini ce même couplet, sur un ton parfaitement monocorde :

— Il va bientôt revenir… Il va bientôt revenir… Il va bientôt revenir…

Tommy porta une main à sa bouche, et pour éviter de pousser un hurlement, il mordit deux de ses doigts.

Et ce, jusqu'au sang.

Car leurs yeux étaient révulsés. Il ne restait en deçà des paupières plus aucune trace d'iris ou de pupille.

Seulement un blanc légèrement crémeux.

Le garçon recula, ses dents toujours plantées dans la chair de ses phalanges. Il titubait presque et ne parvenait pas à détacher son regard de cet horrible spectacle.

Aucun des trois ne semblait se soucier de sa présence.

Quand l'un de ses talons heurta la première marche de l'escalier, il desserra enfin les mâchoires, fit brusquement volte-face et remonta à toute allure jusque dans sa chambre.

Il s'y enferma à double tour, puis se pelotonna dans l'un des angles, et attendit, en restant aux aguets.

Mais personne ne monta jusque-là.

Les bruits continuèrent ainsi pendant encore deux heures. Le silence retomba enfin sur la maison.

Alors, Tommy tenta une nouvelle sortie, et constata, en faisant le tour des chambres, que les membres de sa petite tribu avaient sagement rejoint leur lit et dormaient à poings fermés, comme si rien de tout ça ne s'était réellement passé.

21

Le lendemain matin, mardi, tout se déroula comme à son habitude, dans une bonne humeur générale. À part M. Pierdeguerre qui rouspéta en farfouillant dans sa sacoche. Encore un document qu'il avait égaré, alors que l'horloge au mur lui indiquait de se dépêcher s'il ne voulait pas être en retard à son travail.

Ils avaient une fois de plus bien ri, quand grand-tante Violette – alors que Mme Pierdeguerre allait lui planter entre les lèvres une paille, tandis qu'elle tenait à hauteur de son menton un verre de jus de fruit – avait lancé à la cantonade, d'une voix convaincue :

— Si les cochons ont la queue en tire-bouchon, c'est pour ouvrir les bouteilles de vin quand ils font leurs fêtes d'anniversaire !

Elliot s'était mis de la confiture jusque dans les oreilles en dévorant ses tartines. La radio était allumée, le volume en surrégime, avec la chanson dansante qu'on entendrait tout au long de l'été.

Il n'y avait que Tommy, les yeux pas du tout en face des trous par manque de sommeil, qui gardait la tête dans son bol et se forçait à sourire pour ne pas éveiller les soupçons.

Le téléphone fixe sonna dans le vestibule.

Mme Pierdeguerre sortit de la cuisine, traversa le salon pour aller décrocher. Elle revint deux minutes plus tard en tendant à Tommy le combiné.

— C'est pour toi, se contenta-t-elle de dire.

Le garçon fut surpris, car, si cela avait été l'un des *Magic*, sa mère aurait précisé le prénom, et préalablement échangé avec lui.

Il se leva de table et grimpa dare-dare jusqu'à sa chambre.

— Oui ? demanda-t-il.

— J'ignore ce que vous êtes en train de fabriquer tous les quatre, mais une chose est sûre, ça pue la merde.

— Mais qu'est-ce… qui… ? balbutia Tommy.

Il n'avait pas encore identifié la voix. En tout cas, le ton était sourd, menaçant.

— Mon chien, espèce de malade, tu lui as fait quoi quand tu l'as touché hier ?

Kévin, bon sang. C'était Kévin à l'autre bout du fil.

— Ben rien, j'ai juste mis mes mains pour pas qu'il me bouffe le visage et…

L'autre ne lui laissa pas terminer sa phrase.

— Il est tombé dans les vapes pendant plusieurs minutes, et quand il est revenu à lui et que je l'ai ramené chez moi, il était complètement out, comme drogué. Pas foutu de tenir sur ses pattes. J'ai dû le porter. Ensuite, il a roupillé le reste de la journée, puis toute cette nuit. Et ce matin…

Il y eut un long silence. Tommy percevait le souffle de Kévin dans l'écouteur. Il se demanda même s'il n'y avait pas un début de trémolo quand il parla à nouveau. La grosse brute dissimulait-elle l'amorce d'un sanglot ?

— … Ce matin, il était mort. T'entends ? Raide mort.

Le pouls de Tommy s'était accéléré. Il fit au mieux pour garder son aplomb.

— Et alors, en quoi c'est ma faute ? Je l'ai à peine touché, ton clébard… Tu crois que j'ai fait quoi au juste ? Que j'ai une sorte de super-pouvoir juste en posant les mains ? Faut aller te faire soigner. Il a dû avoir une crise cardiaque, ou un truc dans l'genre…

Nouveau silence, plus long encore que le précédent.

Puis Kévin posa une question tout à fait déroutante :

— Tu sais quel âge il avait, Méphisto ?

— Comment veux-tu que je le sache ? rétorqua Tommy, légèrement agressif.

— Deux ans. Tout juste. C'est jeune, pour un chien, deux ans.

— Et donc ?

— Quand je l'ai retrouvé ce matin – et mon paternel a constaté la même chose que moi en le voyant –, je peux le dire : c'est de vieillesse, qu'il est mort.

22

Mardi après-midi.

Zélie, Tommy et Félix observaient, complètement ébahis, un Stanislas, fier comme un paon, leur présenter une bombe de peinture noire qu'il avait rapportée de chez lui. Il avait préalablement accroché avec des pinces à linge une grande banderole blanche en tissu sur le mur de crânes.

Ils se trouvaient tous les quatre dans la grotte circulaire des catacombes.

Sourire aux lèvres, tandis que les autres l'éclairaient de leurs lampes, Stanislas commença de tracer des grandes lettres sur le drap :

LES KATACOMBES DES MAGIC

— Et ben, je vois que t'as encore bien progressé en orthographe, ironisa Félix.

LOUSER

Stanislas termina son tracé par un superbe point d'exclamation, avant de se retourner, aux anges, et de prendre ses amis à témoin :

— Aux chiottes l'orthographe ! C'est nous qui avons découvert cet endroit, non ?! C'est donc chez nous !

Dans l'obscurité des lieux, avec la bataille à laquelle se livraient les faisceaux de leurs lampes torches, la pâleur du visage de Tommy ressortait plus encore. Sa mère avait raison : il avait vraiment le teint blafard.

Les quatre avaient fait un rapide débriefing avant de rejoindre les sous-sols, car les choses allaient de mal en pis.

Tommy leur avait narré la nuit horrible qu'il avait passée.

— Hors de question que je dorme encore ici, avait-il ajouté, saisi d'un léger tremblement.

Félix lui avait aussitôt proposé de l'héberger temporairement. M. et Mme Pierdeguerre ne s'y opposeraient pas, car cela arrivait régulièrement.

Il avait également raconté le coup de fil matinal de Kévin, la fin étonnante et tragique de Méphisto. Et bien sûr, il n'avait pas oublié de rapporter les informations qu'il avait glanées auprès de ses parents à propos du moine Abbon Fochetenaille.

Zélie détaillait une nouvelle fois la volumineuse chevalière.

— En tout cas, avait-elle constaté, aucun rapport avec le nom de ce type. Il n'y a ni de *A*, ni de *F*.

Elle avait soupiré en mettant sur ses épaules son sac à dos rempli cette fois-ci d'un important stock de piles – anticipation bienvenue s'ils devaient faire aussi le trajet retour par les souterrains – et réajusté les pans de son tee-shirt. Aujourd'hui, elle arborait le film *Retour vers le futur*.

— Je propose, avait-elle ensuite annoncé d'un ton décidé, qu'avant d'explorer un autre boyau, on refasse une petite expédition du côté des archives, voir si on dégoterait pas d'autres infos sur le moine.

Tous avaient approuvé. Seul Stanislas avait soulevé le point épineux :

— Et qu'est-ce qu'on fait pour les cosmonautes ?

— On avisera, avait affirmé Félix, confiant.

Comme ils avaient déjà écumé une première fois cette partie des catacombes, ils marchèrent d'un bon pas pour parcourir la longue distance entre la maison de la famille Pierdeguerre et les sous-sols de la bibliothèque. Stanislas était même décontracté. Il sifflotait entre ses dents.

— On dirait deux frères siamois ! plaisanta Zélie, en désignant d'un mouvement de lampe les visages des deux garçons.

En effet, Stanislas arborait, tout comme Félix, un œil au beurre noir.

— C'est ton frère qui t'a fait ça, quand tu lui as ramené sa tenue de hockey ? lui demanda-t-elle, même si elle connaissait déjà la réponse.

— Exact. Il a tout de suite vu rouge. M'a coursé dans la maison, bloqué dans un coin... Et voilà. J'ai pas eu le temps de préparer ma garde. Bing !

— Il a dû se faire passer un savon par ta mère, non ?

— Ça oui ! La Générale ne plaisante pas avec ce genre de comportement. Il a écopé de quinze jours de corvées pour m'avoir frappé... Et moi, une semaine pour avoir abîmé ses affaires.

— Des corvées de quel genre ?

— Genre nettoyage de vitres – et t'as vu comment c'est chez moi : il y en a des centaines ! – ou récurer les toilettes et les salles de bains à la brosse à dents, repeindre des volets, des barrières... Bref, une liste qui peut s'étirer à l'infini.

Quand ils parvinrent devant la trappe secrète, Tommy, comme la veille, se servit de la chevalière pour débloquer le passage.

Ils éteignirent ensuite leurs lampes torches et restèrent immobiles et silencieux, le pan de mur à peine entrouvert, de façon à surveiller l'entrée de la salle des archives.

Les trois hommes étaient là à mener leur tâche. Ils ne les voyaient pas, mais les entendaient parler.

— Y'a plus qu'à attendre, chuchota la jeune fille, et à croiser les doigts, que la chance nous sourit.

Et une demi-heure plus tard, c'est ce qu'il advint. L'un des cosmonautes proposa aux deux autres une pause café à l'étage. Ils se débarrassèrent de leur tenue avant de disparaître dans l'escalier.

— On s'grouille, on s'grouille ! préconisa Félix, dont les traits étaient soumis à une nouvelle série de tics.

Une fois dans la pièce, ils sillonnèrent les grandes tables surchargées de documents, constatèrent que le travail de tri était déjà bien avancé. Il restait néanmoins encore des piles et des piles à traiter.

— C'est organisé par ordre chronologique, fit remarquer Stanislas. Bon sang, un travail de fourmi...

— Oui, et je pense que, pour le moment, ajouta Tommy, ils n'en sont pas encore à regarder le contenu en détail. Dans un premier temps, ils se contentent de classer.

— O.K., alors on cherche quelle époque, déjà ? demanda Félix.

— XIIIe siècle, précisa Tommy. Donc, du mille-deux-cent-quelque chose…

— J'ai trouvé ! s'exclama Zélie en montrant plusieurs feuillets.

Les garçons se précipitèrent pour venir faire cercle autour de la jeune fille.

Il y avait une étiquette posée sur la première page, avec griffonné dessus :

Journal de Abbon Fochetenaille / 1217

— Super, s'enthousiasma Félix, et dire que ce truc a été écrit y'a plus de huit cents ans… C'est dingue…

L'écriture du moine était très soignée, avec des lettres volumineuses et penchées sur le côté droit.

— Mince, lâcha Stanislas, c'est du vieux français, je percute à peine un mot sur trois.

Tommy plissa les yeux derrière ses lunettes.

— Je… je crois que je comprends parfaitement ce qui est dit, reconnut-il, alors qu'il était pris d'un léger tremblement. Je peux vous en faire facilement la traduction.

— Mince, comme le *fourchelangue* dans *Harry Potter*, commenta Zélie.

— Ou C-3PO dans *Star Wars,* ajouta Stanislas.

— C'est la bague qui te donne cette compétence, c'est certain, conclut Félix.

Tommy acquiesça d'un mouvement de tête, dut déglutir plusieurs fois avant de parvenir à lire à haute voix :

Mois d'avril, de l'an de grâce 1217

Je n'en reviens toujours pas de mon incroyable découverte, et cela date déjà de trois mois. Comment deviner l'existence de ces catacombes sous Claire-la-Joie et ses proches alentours ? Et ce fut là par le plus grand des hasards, en mettant de l'ordre dans la bibliothèque du monastère, que je suis tombé sur cette trappe secrète derrière tout un rayonnage de livres. Dire que je suis le seul à être au courant ! Est-ce un signe du Tout-Puissant ? Cela présuppose-t-il qu'Il m'ait choisi pour une tâche, une mission, dont j'ignore pour le moment les tenants et les aboutissants ? Impossible d'avoir le moindre indice pour connaître à quelle époque ces souterrains ont été creusés et investis en tant que sépulture. Mais j'imagine que, vu le nombre de crânes qui tapissent les boyaux – par milliers –, ce cimetière enfoui est fort ancien et a été utilisé pendant très longtemps. Moi qui crains les espaces confinés, il m'a fallu du courage pour explorer cet obscur endroit à la seule lueur de ma torche. Et aujourd'hui, je pense avoir arpenté la presque totalité du site.

En partant de la trappe dissimulée sous le monastère, j'ai remonté un premier conduit sur des lieues et des lieues, aboutissant enfin à une sorte de grotte circulaire, au centre de laquelle trône un autel d'un autre âge. Symbole qui n'a sans doute aucun lien avec la foi en Jésus-Christ, notre Sauveur.

De cette grotte, quatre autres couloirs s'enfoncent au cœur des ténèbres, dans des directions différentes. Au terme de mes déambulations souterraines, je suis formel :
L'un conduit sous le cimetière de Claire-la-Joie.
Un autre aboutit dans les soubassements de notre chère église, au centre du village.
Un autre chemine plus loin encore, jusqu'aux hauteurs en dehors de la ville. On parvient dans les sous-sols du château de la famille du vicomte de Pierdeguerre, seigneur respecté de la région, avec qui j'entretiens des rapports cordiaux et réguliers depuis longtemps. Car il m'est arrivé à plusieurs reprises de soulager les membres de cette famille de certains maux, grâce à mon savoir médicinal.
Et pour chaque itinéraire, je suis parvenu au final à une trappe secrète, en tout point semblable à celle trouvée sous le monastère.
Si je précisais : la presque totalité du site. C'est qu'il reste l'un des boyaux (ils sont donc au nombre de cinq à partir de la grotte centrale) que je n'ai pas pu explorer. Pour la simple et bonne raison qu'au bout d'une centaine de mètres seulement, une vague de vermines m'est tombée dessus… Mais quand je dis une « vague », c'est presque à prendre au pied de la lettre ! Par centaines, ils ont déboulé dans le conduit. Je n'ai pas honte de dire que j'ai une peur panique de ces animaux du Diable. J'ai aussitôt battu en retraite et bien failli m'écrouler d'un arrêt du cœur.

Me connaissant, je n'aurai jamais le courage d'aller plus avant dans ce passage-là, tant que cette armée de rats hantera les lieux.

Mois de Mai, de l'an de grâce 1217

Afin de me repérer avec plus de facilité dans les catacombes, j'ai gravé dans la roche des petites illustrations à l'entrée des boyaux.
Un cercueil pour celui qui conduit au cimetière.
Un grimoire pour celui qui mène au monastère.
La croix du Christ pour celui qui mène à l'église.
Et un « P » pour celui qui relie les sous-sols du château de la famille Pierdeguerre.
Ne sachant où mène le boyau où loge la vermine, je n'ai rien inscrit à son entrée.
Je me rends compte que c'est difficile de ne pas mettre quelqu'un d'autre dans le secret.
À plusieurs reprises, j'ai été à deux doigts de me confier à frère Willibert, le moine avec qui j'ai le plus de liens parmi les membres de notre petite communauté.
Mais pour l'instant, alors que j'ai la conviction que je pourrais lui faire entièrement confiance, quelque chose, que je ne saurais expliquer, me retient…

23

Félix avait les yeux vissés à ses jumelles. La nuit était tiède, avec un léger courant d'air bienvenu. Le ciel était largement dégagé, pigmenté d'une forêt d'étoiles, avec une superbe lune, grosse et blanche à souhait.

On discernait donc parfaitement les allées silencieuses du cimetière, et au-delà, la pelouse sombre du stade de foot, le terrain de basket et les courts de tennis. Lieux évidemment déserts à cette heure avancée de la nuit.

Il se tenait accoudé à la fenêtre, au troisième étage, Tommy à ses côtés. En dessous, pas plus d'une voiture tous les quarts d'heure sillonnait la route.

— Dis donc, je savais pas que tu descendais d'une famille de richetons. Whaoouuu, un ancêtre vicomte ! C'est pas rien !

Félix fixait son ami avec des yeux ronds.

Sur le chemin du retour, ils avaient pu vérifier qu'à l'entrée du premier souterrain découvert il y avait bien un « P », pour « Pierdeguerre », inscrit dans la roche.

— Mais si, je vous l'ai déjà dit quinze fois, rétorqua Tommy avec un sourire amusé. Ça a toujours été l'obsession de mon père. C'est juste que vous m'écoutez pas… Bon, après, en huit cents ans, au fil des générations, ajouta-t-il en gloussant, on a largement eu le temps de s'appauvrir.

Malgré la présence toujours pesante de la bague à son doigt, Tommy se sentait un peu mieux depuis le début de la soirée. D'être en compagnie d'un des quatre de la bande le rassurait.

Comme d'habitude, en dehors des chats qui le snobaient ouvertement, il avait été chaleureusement accueilli par la famille Monlouis-Bonheur. La mère de Félix était une brillante cuisinière. Le dîner avait été divin. Repas entièrement créole : acras de morue accompagnés d'une soupe verte, le *kalalou*.

Et puis Évariste, Maeva et Joséphine, à eux trois, c'était tout un poème. Ils sortaient âneries sur âneries. Tommy avait même fini par avoir un fou rire au moment du dessert.

— Tu surveilles tous les soirs avec tes jumelles ?

— Tous les soirs.

— Et, parfois, il se passe des trucs ?

Félix lui offrit un vaste sourire, et en même temps, son nez se plissa et il cligna des paupières au moins dix fois.

— Non, que dalle.

Il réajusta ses jumelles et pointa du doigt le bord de la route en contrebas :

— À part ça !

Les neuf chats du grand-père traversaient à la queue leu leu la bande de bitume, puis bondissant avec adresse, grimpaient sur le mur d'enceinte du cimetière, avant de disparaître de l'autre côté.

— Départ pour la chasse, comme chaque soir, commenta Félix.

— À chaque fois, c'est Rasqual qui mène la danse ?

Depuis toujours, c'était le leader de la troupe. Plus haut sur pattes et plus corpulent que les autres, il était entièrement noir, avec le bout des pattes blanc. Ça lui faisait comme des chaussettes.

— Ouais, c'est le boss. Parfaitement étonnant, car en général, il n'y a pas de chef chez les chats. Ça reste des animaux plutôt solitaires. Mais mon grand-père soutient bec et ongles que ceux-là sont particuliers. Va savoir pourquoi.

Tommy plissa les yeux, chercha à identifier les ombres diffuses des félins se déplaçant furtivement entre les tombes ou dans les allées.

Il se tourna ensuite vers Félix.

— Cet aprem, juste avant que les cosmonautes ne reviennent, au moment où on a filé, heureusement que t'as eu le réflexe d'embarquer les extraits du journal du moine…

— Ouais, sans quoi, quand ils auraient regardé le contenu de plus près, ça aurait été un véritable branle-bas de combat. Ils se seraient mis à chercher bille en tête ces catacombes oubliées depuis huit siècles. T'imagines la publicité démente pour la ville, pour le maire, et c'en serait alors terminé de notre petite découverte secrète.

Tommy hocha la tête.

— Avant qu'on parte de chez moi, tout à l'heure, j'ai entendu ma mère dire à mon père que les trois types s'étaient disputés en fin de journée, s'accusant les uns les autres d'avoir égaré certains documents…

Félix rit de bon cœur.

— S'ils savaient, bon sang, ce qu'il y a, là, juste sous leurs pieds !

— Maintenant, j'ai vraiment hâte qu'ils dégottent la suite du journal. Qu'on sache quel lien il y a entre Abbon Fochetenaille et la chevalière. Et surtout qu'on apprenne comment je peux me débarrasser de ce maudit bijou.

— C'est vrai qu'au final, pour l'instant, on ne sait pas grand-chose. Il évoque son ami, là, un autre moine : Willibert. Mais pas de « W » non plus, gravé sur la bagouze, et puis…

Il fut interrompu par un soudain concert de miaulements venant du cimetière.

Les deux garçons se dévisagèrent, incrédules.

— C'est quoi ce ramdam ! ? s'étonna Félix. C'est bien la première fois qu'ils font ça, les matous. Vont réveiller tout le voisinage !

Il se débarrassa de ses jumelles, posa une main sur l'épaule de Tommy.

— Viens, on descend voir ce qui se passe !

24

Dans la précipitation, ils avaient oublié de chausser leurs baskets et s'en rendirent compte en traversant la route. Gorgé de soleil tout au long de la journée, le bitume était encore chaud sous leurs pieds.

La grille de l'entrée était verrouillée pendant la nuit. Ils durent faire comme les chats juste avant eux : escalader le mur de pierre pour s'y jucher à califourchon, avant de sauter de l'autre côté. Tommy n'était pas très à l'aise pour ce genre d'exercice. Aussi, son ami lui fit la courte échelle pour l'aider à se hisser. Ensuite, il se réceptionna maladroitement entre deux tombes, manquant de se fouler une cheville.

Quant à Félix, il mena l'acrobatie avec aplomb et dextérité. Une fois au sol, il chambra gentiment Tommy :

— J'ai connu des tigres plus agiles.

— La ferme, Féfé.

Tommy avait riposté un peu sèchement. Entrer dans un cimetière de nuit le rendait plus que nerveux. À cela s'ajoutait la température de la chevalière qui avait augmenté de plusieurs degrés sitôt franchie l'enceinte des lieux.

Les chats continuaient de miauler avec un incroyable engouement. Du coup, les garçons n'eurent aucun mal à les localiser.

— J'ai la bague qui chauffe, un truc de fou ! se plaignit Tommy en secouant la main.

— Mais qu'est-ce qu'ils…

Ils restèrent un moment sidérés devant la scène qui s'offrait à eux : huit des félins, sagement assis, formaient un demi-cercle parfait devant l'une des tombes, fixaient avec une rare intensité la dalle et le fronton de celle-ci, tout en poursuivant leur singulier concert. Rasqual se tenait plus en avant, comme une sorte de chef d'orchestre.

— Bon sang, lâcha Félix, on dirait presque qu'ils chantent… Tu ne trouves pas ?

Mais Tommy ne répondit pas. Car plusieurs choses venaient de lui sauter aux yeux. Et c'était si effarant qu'il en avait presque oublié la chaleur du bijou.

Premièrement, la tombe en question était celle de l'oncle Edmond.

Deuxièmement, le médaillon avec la photo. Les imposantes moustaches, les cheveux grisonnants lissés en arrière, le regard sec, pénétrant. L'homme souriait.

Il y eut comme une sorte de craquement dans l'esprit de Tommy. Car le portrait, quand il était venu dimanche, n'affichait aucun sourire.

Et puis c'était un sourire glaçant. En coin. Sadique. Comme une vilaine cicatrice qui lui enlaidissait les traits.

Troisièmement, les pots de fleurs, au nombre de quatre, qu'ils avaient déposés, étaient toujours là. Mais on les avait déplacés. Le garçon en était certain. Sa mère les avait postés au centre, serrés les uns contre les autres. Et à présent, ils occupaient les quatre angles de la stèle.

Félix lui saisit le bras pour le secouer.

— Merde, qu'est-ce que t'as ?!

Il devait crier pour se faire entendre au milieu du vacarme félin.

— C'est mon oncle. L'ancien mari de grand-tante Violette. Et quand je suis venu dimanche, sur la photo, il ne souriait pas.

Félix regarda le cliché d'un peu plus près.

— Taisez-vous ! cria-t-il à l'encontre des chats, sans obtenir le moindre résultat. Ben j'aime pas trop son sourire, confia-t-il ensuite à Tommy en faisant toute une galerie de grimaces. Puis l'avait pas l'air commode, le tonton… Non ? J'me trompe ?

— Non, pas commode du tout. Un vrai sale type, même. Le seul souvenir que j'ai de lui quand j'étais gosse doit sans doute être le pire de mon enfance.

Félix était de plus en plus agité. Il n'arrêtait pas de regarder en direction de l'immeuble.

— Forcément, quelqu'un va finir par se réveiller, nous voir ici par l'une des fenêtres et appeler les flics. Merde, je sais pas comment les faire taire.

Il n'avait pas terminé sa phrase, que Tommy hurla, d'une voix de gorge, sourde, chargée d'agressivité :

— FERMEZ-LA !!!

Et les chats se turent dans l'instant, avant de s'éparpiller dans un soudain mouvement de panique.

Félix le dévisagea, médusé.

Tommy observait la bague, dont la température était redevenue presque normale sitôt qu'il avait crié.

— C'est elle, dit-il piteusement. C'est elle qui me rend de plus en plus dingue. J'ai une de ces frousses, Féfé… Si tu savais.

— Te bile pas plus qu'il n'en faut, va, on va bien finir par se sortir de ce cauchemar, tenta de le réconforter Félix. Viens, rentrons.

La poitrine de Tommy se libéra d'un grand soupir.

— D'accord, mais avant, je veux vérifier un autre truc.

Il avait visiblement retrouvé son calme et mena Félix vers l'un des coins reculés du cimetière, là où Elliot s'était aventuré dimanche.

Ça ne manqua pas : la chevalière chauffa de nouveau à son annulaire.

— C'est comme tu nous as raconté, approuva Félix en désignant le parterre de tombes. Aucun doute. Vu l'état et les inscriptions sur les stèles, on est dans la partie la plus ancienne du cimetière. Et rappelle-toi ce que dit le moine dans son journal : le souterrain marqué du cercueil mène jusqu'ici.

Il tapa le sol du pied.

— Il y donc forcément quelque chose là-dessous en lien avec la bagouze, quelque chose qui la fait réagir.

Félix enchaîna sur un clin d'œil complice à l'adresse de son ami.

— Je crois que ce sera le programme de demain, la nouvelle exploration pour les fameux, les courageux, les inégalés *Magic Losers* !

Avant d'ajouter, rayonnant :

— Heureusement qu'Évariste ne t'a pas entendu hurler sur ses matous chéris… Crois-moi que t'aurais passé un sale quart d'heure !

25

Mercredi après-midi, dans les sous-sols quelque part, sous Claire-la-Jolie.

Félix pointa de sa lampe et de son doigt le tee-shirt que Zélie portait. Sur le tissu, une ribambelle d'ados accrochés les uns aux autres, telle une guirlande humaine, suspendus dans le vide, le premier de la chaîne se tenant désespérément à un bouquet de stalactites.

— C'est quoi ce film ? demanda-t-il.

— *Les Goonies*, de Richard Donner. 1985. Avec Sean Astin, Josh Brolin, Jeff Cohen, Robert Davi et…

— O.K., O.K., O.K. ! Jamais vu. On dirait un peu nous, non ? Puis j'ai l'impression que ça se déroule aussi sous terre ?

— Exact. Une chasse au trésor. Trop bien… Eh oui, un peu comme nous, sauf que ça reste un film, alors que nous, c'est la réalité. Et puis, avec ce que vous avez vu dans le cimetière cette nuit, j'ai comme l'impression que c'est une réalité qui empire de jour en jour.

Félix approuva d'un hochement de tête, avant de désigner discrètement Tommy qui ouvrait la marche non loin devant.

— Je t'avoue que je me fais de plus en plus de souci pour notre tigre. La bague semble le plonger dans une forme de déprime. Il sourit de moins en moins et voit tout en noir. Et maintenant, il est obsédé par son oncle décédé.

Avant de rejoindre la grotte circulaire, Tommy leur avait raconté son souvenir de petite enfance qui continuait de le hanter, jusque dans ses rêves, quand l'oncle Edmond l'avait poursuivi pour le corriger.

Le bruit de leurs pas résonnait, rebondissait sur les parois en roche du souterrain. Plus d'une demi-heure, maintenant, qu'ils avaient emprunté sous l'insistance de Félix le conduit marqué en son entrée par le dessin du cercueil.

Zélie avait souhaité qu'ils retournent à la salle des archives, voir s'il y avait de nouveaux extraits du journal à collecter, mais Félix s'était entêté, convaincu qu'il fallait laisser du temps aux cosmonautes.

— C'est long pour aller jusque là-bas, avait-il argumenté. Alors si c'est juste pour récupérer quelques lignes à peine, et peut-être même que dalle… Non, autant patienter que les recherches se poursuivent plus longtemps… En plus, ils vont finir par avoir des soupçons, si les extraits de ce seul journal disparaissent sitôt qu'ils les ont triés. Pour finir, faut savoir ce qui fait tant chauffer la bagouze quand Tommy s'approche de trop près du fond du cimetière.

Ce dernier venait de s'arrêter, et lentement, de se retourner.

— La chevalière monte légèrement en température, annonça-t-il.

Le ton avait quelque chose de triste. De résigné, même.

— Alors, c'est bon signe ! s'exclama Stanislas en posant une main sur l'épaule de son ami et en donnant une légère pression. Haut les cœurs, les gars !

Et tout en entraînant Tommy, le garçon se lança dans une nouvelle démonstration de sa fameuse danse tahitienne.

— On est les *Magiiiiiic Loooooosers*, chanta-t-il avec une voix haut perchée et tout à fait dissonante. Les *Magic Losers*, paumés, dans les ca-ca-ca-catacombes ! Et c'est la ca-ca-ca-catastrophe !

— Boucle-la, Stan, réclama Zélie en se bouchant les oreilles. Punaise, t'es aussi doué en chant qu'en orthographe.

Enfin le cul-de-sac auquel ils s'attendaient.

Ils se heurtèrent à une paroi lisse, sans aspérité aucune.

Après avoir tâtonné un moment, Tommy débusqua l'encoche dans la pierre, y enfonça le haut de la bague.

Le passage secret s'ouvrit latéralement, toujours accompagné d'une bruyante orchestration mécanique.

Ils se glissèrent à l'intérieur, débouchèrent dans une nouvelle grotte humide, à la forme vaguement rectangulaire.

Félix fit virevolter le faisceau de sa lampe sous l'arche du plafond.

— Ma main à couper qu'on se trouve en dessous du cimetière, dit-il.

— Si j'étais à ta place, préconisa Tommy avec un sourire mitigé, j'éviterais de proférer ce genre de trucs. Avec tout ce qu'on est en train de vivre, tu pourrais, dans l'instant, par je ne sais quelle magie noire, te retrouver manchot, et…

Il laissa sa phrase en suspens.

Il recula soudainement de deux pas.

Car la chevalière, de tiède, était devenue bouillante.

— Merde, elle me brûle, lâcha-t-il en gémissant.

— Rien d'étonnant, constata Stanislas, vise-moi ça.

Il ne fanfaronnait plus du tout. En un clin d'œil, sa bonhomie s'était volatilisée.

Une stèle leur faisait face.

Ensemble, sans même s'en rendre compte, ils lurent en chœur les inscriptions gravées dans la pierre.

ABBON FOCHETENAILLE

(1159–1220)

Et en plus petit, en bas à droite de la tombe, s'ajoutait :

Un grand homme de foi, un grand guérisseur

Que notre seigneur tout-puissant

Lui montre la lumière

Le sauve de l'abîme dans lequel il a sombré.

Frère Willibert

Ils restèrent un moment silencieux.

C'est la jeune fille qui parla la première :

— Il est décédé en 1220. La dernière date qu'on a vue dans le journal, c'est mai 1217. Donc moins de trois ans avant qu'il ne se fasse assassiner.

Félix prononça l'une des répliques créoles de sa mère :

— *Ay bondye segne* ![*]

Avant d'ajouter gravement, le visage traversé de plusieurs grimaces :

* Mon Dieu, Seigneur !

— J'ai bien l'impression que ça colle avec ce que t'ont dit tes parents, Tommy. Si l'on en croit son grand pote Willibert, ce vieil Abbon a bien fini par partir grave en cacahuète. Plus aucun doute possible : le type s'est lancé corps et âme dans la sorcellerie.

— Oui, compléta Zélie, les sourcils froncés – ses yeux en amande n'étaient que deux fentes, comme des meurtrières à l'horizontal –, et c'est donc ce même Willibert qui s'est chargé de lui donner une sépulture décente. Une tombe plus que bien planquée... Sûrement que les gens avaient découvert qu'il s'adonnait à la magie noire. Ils n'ont pas dû être bien d'accord pour qu'il soit enterré là-haut, avec le tout-venant.

— Peut-être que c'est même Willibert qui a décidé de le zigouiller ? hasarda Stanislas. Pour l'arrêter dans sa folie, ou un truc dans l'genre.

Puis montrant la dernière phrase :

— Pour le sauver de l'abîme dans lequel il a sombré...

26

À présent, les nuits de Tommy étaient très agitées. Ses rêves peuplés d'une pléiade de monstruosités, toutes plus infernales les unes que les autres. Mais le pire, c'était cette voix, omniprésente qui, venait depuis peu lui susurrer :

Tu es bien, bien meilleur que tout le monde, Tommy… Oui, nettement supérieur au commun des mortels. Crois-moi, tes pouvoirs pourraient être infinis si tu te laissais complètement aller à ma volonté. Fais-moi confiance, car je peux faire de toi l'égal d'un dieu… Je te promets un avenir brillant. Sois sans pitié. Si quelqu'un, même l'un de tes proches amis, ou un membre de ta famille, te soutient le contraire ou se met en travers de ton chemin, élimine-le… sans la moindre hésitation…

Et cette voix, soyeuse, envoûtante, venait de la chevalière. Il en était convaincu.

On le secoua sans ménagement. Ses paupières se soulevèrent avec peine. S'extirper de son sommeil était tout aussi difficile que de s'extraire de sables mouvants.

Quelques entrefilets de brume s'attardèrent encore sur ses pupilles, avant qu'il ne distingue enfin les grands yeux noirs de Félix, penchés au-dessus de lui.

— Réveille-toi, Tom. Voilà qu'ils remettent ça.

Il passa ses mains dans ses cheveux, se hissa sur les coudes.

La nuit était bien avancée.

Deuxième nuit passée chez les Monlouis-Bonheur. Mercredi à jeudi.

La soirée n'avait pas été aussi joyeuse que la veille. Il s'était senti complètement déprimé, et la mère de Félix l'avait bien senti. Elle n'avait cessé de jeter des coups d'œil interrogateurs et préoccupés dans sa direction. Peu avant qu'ils ne descendent dans l'appartement du grand-père, Mme Monlouis-Bonheur avait discrètement pris son fils à parti. Un échange en langue créole dont Tommy n'avait pas compris un traître mot. Et quand ils furent couchés, il avait questionné Félix sur la teneur de l'échange.

— Ma mère, avec ses trucs vaudous, avait expliqué ce dernier, ressent des choses que les autres ne perçoivent pas. Elle m'a dit qu'elle te trouvait de plus en plus *enténébré*. C'est le terme qu'elle a employé. Évidemment, j'ai soigneusement noyé le poisson, comme on dit, prétexté des conneries, genre t'as des problèmes familiaux, tes parents sur le point de divorcer, grand-tante Violette qui perd de plus en plus les pédales. Crois-moi, si je lui racontais ne serait-ce que dix pour cent de ce qui nous arrive, tu te retrouverais en moins de deux soumis à tout un cortège d'incantations bizarres, avec du sang de coq étalé sur le visage…

Tommy parvint enfin à se réveiller.

— Qui remet ça ? demanda-t-il d'une voix pâteuse.

Félix avait bondi sur ses pieds et s'était collé dans l'encadrement de la fenêtre ouverte.

— Ben les chats !

Tommy se leva pour le rejoindre.

Et en effet, un nouveau concert de miaulements montait de l'intérieur du cimetière.

Félix était excité comme une puce.

— Allez, on y retourne, voir ce qui se trame ! dit-il en se précipitant vers la porte, sans laisser d'autre choix à Tommy que de le suivre.

Ils traversèrent la route, franchirent l'enceinte, et réalisèrent rapidement que les chats s'étaient une fois de plus postés en demi-cercle devant la sépulture de l'oncle Edmond.

Ils optèrent pour la prudence, et demeurèrent cette fois à bonne distance, en partie dissimulés derrière une tombe flanquée de part et d'autre de deux genévriers. La lune n'était pas aussi pleine et brillante que la nuit précédente ; aussi, ils percevaient à peine les silhouettes des félins.

Un raclement lugubre emplit soudain la nuit, et aussitôt, la bague chauffa le doigt de Tommy.

Quelque chose qu'on déplaçait, quelque chose de lourd.

C'était la dalle de la tombe qui venait de bouger sur son axe, libérant une forme qui, lentement, s'arracha des ténèbres.

De là où ils étaient planqués, ils ne distinguaient qu'une simple ombre.

Seulement, quelle ombre ! Humaine, mais comme parfaitement démantibulée. Bras et jambes formaient des angles improbables. La créature évoquait une araignée à seulement quatre pattes, dont les articulations auraient été frappées au marteau, les tordant en tous sens, de la façon la plus abjecte.

Sitôt l'horreur sortie du tombeau, les chats cessèrent de miauler et filèrent dans la nuit.

— Merde de merde, parvint à articuler Félix d'une voix blanche, de quoi il est mort déjà, ton tonton ?

Tommy était tout aussi pétrifié que son ami.

— Chute en montagne. Son corps a ricoché sur des rochers.

— Eh ben je confirme, il en porte encore les séquelles…

Et ils n'étaient pas au bout de leurs surprises.

Une voix immonde sortit de la créature. Grinçante, humide.

Elle crachait plus qu'elle ne parlait.

— Où qu'il est, ce vaurien de petit-neveu ? Que je puisse enfin lui donner la correction qu'il mérite.

Tommy et Félix étaient terrifiés, incapables de faire le moindre mouvement.

L'oncle Edmond – ou du moins ce qu'il en restait – se déplaça soudainement d'une façon dantesque et, prestement, prit la direction opposée à la leur. À une vingtaine de mètres de là, il escalada sans le moindre mal l'enceinte du cimetière et disparut dans l'obscurité.

Les garçons respirèrent un peu mieux.

— Dieu tout-puissant, lâcha Félix avec un soupir de soulagement, et moi qui croyais que les morts-vivants marchaient hyper lentement !

Tommy demeurait en partie anesthésié, continuait de fixer l'endroit où la créature s'était fondue dans les ténèbres.

— Cette… cette horreur s'est mise en chasse, déclara-t-il enfin. Elle me cherche.

— Oui, certain qu'elle se rend chez toi, histoire de te faire une petite visite surprise.

Tommy fut saisi de tremblements.

— Bon sang, ça veut dire que mes parents, mon frère, ma tante sont en danger !

Félix secoua la tête.

— Je suis certain que non. C'est TOI qu'il veut, et seulement toi. Et il ignore où tu es… Alors pour le moment, chez moi, tu es en sécurité.

Et en prononçant cela, le visage du garçon s'agita d'une salve de tics.

— Enfin, j'espère.

Félix finit par se lever, lui enjoignit de faire de même.

— Une chose est sûre : faut qu'on referme la dalle. Sans quoi, ça fera les gros titres du journal dès demain : profanation de tombe et tout l'merdier. Et tes vieux seront forcément alertés ; c'est leur caveau de famille qui est là, grand ouvert. Viens !

Une demi-heure plus tard, ils avaient réintégré l'appartement. Ils n'essayèrent même pas de se recoucher. Avec ce qu'ils venaient de voir, c'était peine perdue que d'essayer de se rendormir. Félix était de nouveau à son poste, à la fenêtre, jumelles en mains.

— Au moins, dit-il concentré, on sait que la phrase « Il va bientôt revenir » concernait ton oncle, et non notre fameux moine.

Tommy, assis en tailleur sur le matelas, observait d'un air absent la chevalière accrochée à la phalange de son annulaire.

Félix se racla la gorge, abandonna pour quelques minutes sa surveillance, se tourna vers son ami. Il réfléchissait à plein régime, en se mordant la lèvre inférieure.

— Bien sûr, tout est en lien avec le pouvoir de la bagouze. Mais je pense aussi que selon *qui* la porte, les manifestations sont différentes. Elle vient de faire apparaître dans la réalité la pire peur que t'as eue quand t'étais gosse.

Il vint s'asseoir en face de Tommy, le regarda droit dans les yeux.

— À part de voir des asticots se balader sur la figure des gens, et la capacité de vieillir à toute allure un être vivant seulement en le touchant, je suis quasi certain que, si elle était à mon doigt, d'autres événements se produiraient, complètement différents, en lien direct avec ma propre histoire, quelque chose, un événement qui m'aurait fait flipper au cours de mon enfance.

Il tâcha ensuite de sourire, tapota la joue de Tommy.

— Bon, nous voilà à présent avec une sorte de zombie aux trousses… Ça n'a pas l'air d'être un mort-vivant commun, du genre parfaitement teubé, à juste vouloir dévorer son prochain… Non, il semble avoir toute sa tête. Certain qu'il va se terrer quelque part pendant la journée, pour ne pas se faire remarquer. Peut-être même dans son cercueil avant que l'aube ne pointe, façon vampire… En tout cas, le danger n'aura lieu que la nuit. Hé, mec, ça restera sans le moindre doute l'été le plus incroyable de toute ma vie !

Il fallait s'y attendre, ils ne fermèrent pas l'œil de ce qui leur restait de nuit, et demeurèrent aux aguets, scotchés à la fenêtre, fébriles, à prendre les jumelles à tour de rôle.

27

Ce jeudi matin, Mme Pierdeguerre était une tornade, virevoltant dans la cuisine. Elle n'avait que deux mots à la bouche : « En retard ! » Tout en s'activant, ses yeux n'arrêtaient pas de ricocher entre la pendule sur le mur et la montre à son poignet.

D'abord, elle s'était levée du pied gauche. Et puis la nounou d'Elliot avait dû prendre sa journée au dernier moment pour une urgence familiale. S'était ajouté le coup de fil de la dame de compagnie censée venir s'occuper de grand-tante Violette. Panne de voiture. Et elle n'habitait pas la porte à côté.

Son mari déjà parti au travail, Mme Pierdeguerre n'avait pas eu d'autre solution que d'appeler très tôt chez les Monlouis-Bonheur pour faire rapatrier au plus vite un Tommy abruti par une nuit sans sommeil. Le garçon avait ainsi enfourché le vélo tout terrain de Félix, alors que le soleil dardait à peine ses premiers rayons au-dessus des toits de Claire-la-Jolie.

L'œil morne, le nez dans un bol de céréales où il plantait sa cuillère sans grand appétit, il regardait sa mère zigzaguer dans la pièce telle une boule de flipper qui rebondissait partout.

Elliot lui parlait en boucle d'un nouveau dessin animé qu'il avait découvert à la télé et qui le passionnait. Grand-tante Violette – au moins, l'infirmière du matin était-elle passée pour lui faire sa toilette quotidienne et l'installer dans son fauteuil – contemplait les méandres bleus du ciel à travers la fenêtre.

— Il y a tout ce qu'il faut pour midi, dit sa mère en ouvrant le réfrigérateur et en le refermant aussitôt. Pense bien, quand tu lui donnes à manger, de suffisamment espacer les cuillerées, qu'elle ait le temps de mâcher et de déglutir, sans quoi elle peut s'étouffer…

Tommy hocha la tête.

Malgré son effervescence, Mme Pierdeguerre s'immobilisa soudain et fixa longuement son fils.

— Quou… quoi ? balbutia-t-il.

— Tu as une mine sinistre, dit-elle avec le plus grand sérieux. J'imagine qu'avec Féfé, vous avez peu ou même pas dormi. C'est toujours comme ça quand vous êtes fourrés tous les deux.

Tommy grogna.

— Bon, deux nuits consécutives, c'est déjà bien assez. Donc : retour au nid ce soir. Et puis tu ne peux pas t'installer ainsi chez les Monlouis-Bonheur ; ça ne se fait pas.

— Mais…

Le garçon blêmit. Si c'était possible d'être plus livide encore que ce qu'il était. Il s'imagina seul dans sa chambre une fois la nuit pleinement installée, avec l'oncle Edmond qui ne manquerait pas de débarquer.

Tommy supplia. D'accord pour dormir ici, mais pitié pas tout seul. Soit Félix, soit Stanislas ? ! Steuplaît, steuplaît !

Mme Pierdeguerre finit par abdiquer.

— D'accord, d'accord, d'accord. Au moins, si vous êtes à demeure, je vous aurai à l'œil, que vous évitiez une fois de plus de jouer les oiseaux de nuit.

Elle se planta en face du miroir du salon, refit sa coiffure, réajusta le col de son chemisier.

— Le tri dans la salle des archives avance bien ? demanda Tommy d'un ton neutre, alors qu'il débarrassait les restes du petit déjeuner.

— Oh oui, les trois messieurs qui font ça sont des passionnés, tu sais. C'est même difficile de les arracher à leur tâche. En guise de repas, ils prennent tout juste le temps d'avaler un sandwich. Avant peu, ils vont finir couverts de toiles d'araignées… À midi, histoire de les sortir de leur trou pour qu'ils s'aèrent un peu, mes collègues et moi, on leur a proposé un resto dans le centre-ville…

Elle attrapa son sac, ses clés de voiture.

— Et au fait, ajouta-t-elle en leur collant à chacun un baiser rapide, ton père avait raison : ils ont trouvé des extraits d'un journal du moine dont nous parlions l'autre fois… Abbon Fochetenaille.

À peine avait-elle franchi la porte d'entrée que Tommy courait dans sa chambre, dut fouiller en long, en large et en travers pour retrouver son téléphone portable. Il ne l'avait pas utilisé depuis tellement longtemps que la batterie était à plat. Encore un bon quart d'heure pour dégotter le chargeur.

Enfin, il appela les trois autres, leur demandant de venir si possible plus tôt, en fin de matinée.

Ensuite, il proposa un jeu de société à Elliot, pendant que grand-tante Violette demeurait plantée face à la fenêtre.

La partie terminée, le temps lui sembla s'écouler avec une insupportable lenteur. Il tourna sans but dans la maison, resta un long moment dans le bureau de son père, immobile et silencieux, à contempler l'immense arbre généalogique punaisé au mur. La guirlande sans fin des Pierdeguerre, avec ses innombrables ramures se déployant sur huit cents années. Et en son sommet, l'espace vide où un nom manquait.

Peu avant les douze coups de midi, on sonna à la porte. Un premier *Magic*, enfin, se pointait.

Tommy se précipita. Au moment où il traversait le salon pour aller ouvrir, grand-tante Violette déclara d'une voix convaincue :

— En cas de grabuge, il y a quelque chose dans le garage qui pourrait nous être d'une grande utilité…

28

Tout le monde était à présent arrivé au QG.

— Y'a pas à tortiller, décréta Stanislas, faut qu'on tire au sort entre nous trois, savoir qui garde Elliot et la grand-tante pendant que les autres filent jusqu'aux sous-sols de la bibliothèque. L'occasion est trop belle, si les cosmonautes font une pause déjeuner. Tommy est bien obligé d'être de la partie, comme c'est la bague qui déverrouille les passages.

Il avait les yeux brillants depuis que Tommy et Félix avaient raconté ce qui s'était produit dans le cimetière pendant la nuit.

Un mort-vivant, un vrai de vrai, et qui, en plus, voulait mettre une correction à Tommy. On nageait en plein surréalisme. Autant ce dernier avait le moral sapé par les effets de la bague – quelque chose de ténébreux qui l'envahissait chaque jour un peu plus, avec le désespoir qui l'accompagnait –, autant les trois autres étaient écartelés entre un sentiment d'effroi et une vive excitation.

Félix avait aussi pris le temps de leur exposer ses théories quant aux manifestations de la chevalière en lien avec son *porteur*.

— En tout cas, dit-il en guise de conclusion, on va pas avoir d'autre choix que de le buter, ce zombie. De quelle façon ? Ça, je sais pas trop. Seule certitude : il se manifestera seulement la nuit. Trop malin pour se balader le jour et se faire remarquer. Vous auriez dû voir ça.

Ce qu'il disait était parfaitement sensé. Un mort-vivant de compète ! Pas du tout comme ceux qu'on a l'habitude de voir dans les films ou les séries.

Il se tourna vers Tommy :

— Tout de suite après que tu es parti de chez moi, ce matin à l'aube, je suis allé voir la tombe. Le tonton chéri n'avait pas réintégré son lit douillet. Et j'ai bien vu le cercueil là-bas dessous : le bois est bouffé, par les vers, ou je sais pas quoi… Le couvercle arraché avec les clous qui ont sauté… Merde, je me demande vraiment où il a choisi de se planquer pendant la journée !

Ses yeux roulaient dans ses orbites, tandis qu'il clignait des paupières à toute vitesse.

— En attendant, dit Stanislas, je propose un lancer de dés pour savoir qui reste là.

Il présenta, entre son pouce et son index, un dé à vingt faces qu'ils utilisaient pour leurs parties de jeux de rôle.

Zélie obtint un 13, Félix un 9, Stanislas un 5.

Ce dernier fit grise mine en déclarant piteusement :

— Me voilà nounou attitrée… Misèèèère…

Un quart d'heure plus tard, ils se trouvaient dans la grotte circulaire, fin prêts à emprunter le souterrain qui conduisait sous la bibliothèque.

— Faut pas qu'on parte avec les documents, cette fois, préconisa Tommy. Juste qu'on se contente de les consulter sur place. Deux fois de suite qu'ils disparaissent, ça fera trop chelou. Ils vont forcément finir par comprendre qu'il y a des voleurs, et tout ce qu'on gagnera, c'est qu'ils finiront par sécuriser davantage l'accès à la salle.

— Oui, mais si on les pique pas, souleva Félix, dubitatif, et que ça parle encore de nos catacombes, ils vont se mettre à creuser comme des marteaux.

Tommy secoua la tête.

— Je pense pas. Pour l'instant, ils ne s'attardent pas sur le contenu. Ils se contentent de répertorier, et vu tout ce qu'il y a, c'est pas demain la veille qu'ils en auront terminé.

Zélie sortit son portable, l'exhiba sous leur nez.

— Hé les gars, vous avez peut-être oublié, mais cette petite merveille technologique peut aussi faire des photos !

« Évidemment, pensa Félix, pourquoi ne pas y avoir pensé plus tôt. »

Alors que le trio se mettait en route, Tommy contempla la jeune fille du coin de l'œil. Elle n'avait pas mis de tee-shirt cinématographique aujourd'hui. Mais un chemisier rouge vif.

Il se surprit à la trouver jolie. Et ce constat vint déverser un peu de lumière dans ses ténèbres grandissantes.

29

L'imprimante dans le bureau de M. Pierdeguerre bourdonnait joyeusement.

Debout devant l'appareil, les *Magic Losers* avaient bien du mal à dissimuler leur impatience. L'écran de l'ordinateur crachait sa lumière blafarde. Zélie avait branché son téléphone portable sur la tour, importé les quelques photos. Ils n'avaient pas traîné pour faire l'aller-retour par les catacombes. Les cosmonautes avaient en effet trouvé d'autres éléments du *Journal d'Abbon Fochetenaille*, et en plus grande quantité encore que la dernière fois.

Stanislas s'en était plutôt pas mal tiré dans son rôle de nounou. Elliot l'avait assené d'un demi-milliard de questions, toutes très diversifiées. Ça allait de « Pourquoi les chefs des pirates ont toujours un œil en moins ? » à « Qu'est-ce que les pélicans cachent dans la grosse poche de leur bec ? »

À présent, alors qu'ils attendaient que les documents aient fini d'être imprimés, le garçonnet était accroché à son grand frère, lové dans ses bras, et lui prodiguait toute une flopée de bisous, sur le front, sur la joue, dans le cou. Sans doute sentait-il instinctivement la détresse intérieure de Tommy.

Stanislas avait été bien déconcerté quand il avait fallu donner la becquée à grand-tante Violette. Elle l'avait fixé sans vraiment le voir, tout en agitant ses mains osseuses, parcheminées, qui s'ouvraient puis se refermaient telles des araignées séniles.

À la toute fin du repas, elle avait de nouveau déclaré d'une voix claire et intelligible :

— En cas de grabuge, il y a quelque chose dans le garage qui pourrait nous être d'une grande utilité…

Une fois les feuillets imprimés, ils grimpèrent quatre à quatre l'escalier jusqu'au QG et s'assirent à même le sol en formant un cercle. On aurait dit le Conseil de sages d'une tribu indienne.

Tommy se mit à lire les nouveaux extraits du journal.

Mois de février, de l'an de grâce 1219

Plus de deux années se sont maintenant écoulées depuis ma découverte des catacombes. Et je reconnais que, ces derniers mois, je n'y suis que rarement retourné. Sans doute, l'excitation qui est quelque peu retombée, et puis je suis tellement affairé, entre les corvées au monastère et mes recherches médicinales. Sans oublier mes nombreuses interventions en dehors des murs pour m'occuper des gens qui ont besoin de soins, ainsi que mon implication à l'orphelinat. J'aime la compagnie des enfants, et ils me le rendent bien. Les sœurs sont contentes aussi. Au moins, j'apporte une présence masculine à ces jeunes âmes fragiles et au devenir incertain. Dieu en soit mille fois remercié.

Début du mois de mars, de l'an de grâce 1219

Une singulière idée m'a saisi avant-hier : celle d'aller m'installer dans la grotte des catacombes pour prier. Ainsi, je me suis pieusement agenouillé devant le petit autel dressé en son centre.

Dieu m'a-t-il fait un signe, alors que je louais avec ferveur sa miséricorde ? Car mes doigts, presque indépendamment de ma volonté, sont venus pianoter, caresser la pierre froide sur l'un des pans de l'autel. Et en haut à droite, ils ont trouvé un interstice, assez large pour que je puisse y glisser le bout de mon index. Et surprise, j'ai tiré et la cloison s'est déboîtée, révélant une cache secrète à l'intérieur. Un épais grimoire, d'une si vieille facture que j'en frissonnais, dormait là depuis, j'en suis certain, de très nombreuses années.

Détail tout à fait surprenant : l'ouvrage n'a pas de titre.

Je l'ai donc appelé : « Le Livre Sans Nom. »

Tommy interrompit sa lecture quelques instants. Les *Magic* se dévisagèrent. Un silence religieux régnait dans le QG. Elliot, toujours dans les bras de son grand frère, avait fini par s'endormir.

On aurait dit qu'Abbon Fochetenaille, par la voix du jeune Pierdeguerre, se trouvait avec eux dans la pièce.

— *Le Livre Sans Nom*… répéta Félix dans un murmure.

Tommy reprit, en baissant un peu la voix, comme s'il y avait danger à parler trop fort :

Fin du mois de mars, de l'an de grâce 1219

Dès que j'ai un moment, je me plonge dans les arcanes du grimoire. Un travail de fourmi pour déchiffrer, même de façon grossière, ce qui est écrit dedans. Un langage ancien, hermétique… parfaitement tarabiscoté. Mais chacun connaît l'une de mes plus grandes qualités : l'opiniâtreté.

— Ça veut dire quoi opiniâtreté ? demanda Félix, sourcils froncés.

— C'est quand tu lâches jamais l'affaire, expliqua Tommy.

Mois de mai, de l'an de grâce 1219

Je dois reconnaître que la tâche, désormais, m'obsède. Je commence à entrevoir dans les pages du Livre Sans Nom *des champs de possibilités que je n'aurais pu imaginer, même dans mes rêves les plus fous.*

Mes frères au monastère et les sœurs du couvent commencent à me regarder d'un œil curieux. Ils me trouvent préoccupé, souvent dans la lune et même parfois un peu négligent quant à mes tâches quotidiennes.

Ils ont raison. D'autant que je commence à accuser un sérieux manque de sommeil : je consacre maintenant une partie de mes nuits à travailler sur le grimoire.

Et au vu de ce qu'il contient, j'ai la nécessité, en plus, de multiplier les prières. Car c'est un livre empli de ténèbres.
Mais des ténèbres telles, que la lumière que je pense au final y trouver sera à nulle autre pareille. Que Dieu tout-puissant, ainsi que son fils, le Christ notre sauveur, m'accompagnent dans cette délicate entreprise !

Nouveau silence. Tommy accusa un effroyable frisson, ainsi qu'une nausée passagère. Tous étaient suspendus à ses lèvres.

Je continue néanmoins d'être très impliqué à l'orphelinat. Une quinzaine d'enfants y vivent. Il règne une ambiance saine et chaleureuse. L'aîné de la famille Pierdeguerre, âgé de 13 ans, est là tous les jours. Malgré sa noble condition, il aime venir aider et a créé des liens forts avec ses pairs défavorisés. Je l'apprécie beaucoup. C'est un garçon intelligent, d'agréable compagnie.

— Pierdeguerre, chuchota Tommy. Mon ancêtre… Sûrement celui qui doit apparaître au sommet de l'arbre généalogique de mon père…

Il poursuivit la lecture :

Mois de juin, de l'an de grâce 1219

Je ne pouvais plus garder seul pour moi tous ces secrets. J'ai fini par me confier auprès de mon compagnon le plus cher, frère Willibert.

Devant mes révélations, pour les catacombes, et surtout le contenu du grimoire, il était tout comme moi : à la fois fasciné et terrifié.
Je lui ai fait jurer de n'en parler à quiconque.
Il m'a même proposé de m'épauler, si besoin, dans mon entreprise.

Mois d'août, de l'an de grâce 1219

L'exploration du Livre Sans Nom *est dès lors très avancée.*
Oh, Notre Père qui êtes aux cieux, le texte parle clairement de la possibilité de faire un pacte avec un démon puissant, dont je n'ai jamais entendu parler dans les Écritures, une créature au nom imprononçable.
Il y est question d'un rituel, une célébration, au terme duquel, en me liant au dit démon, j'obtiendrai l'immortalité !
Une célébration qui permettrait d'invoquer le démon seulement tous les huit cents ans ! La dernière en date, c'est inscrit noir sur blanc dans le grimoire, aurait eu lieu en l'an 420 (en revanche, rien ne relate dans l'ouvrage de quelle façon cette dernière s'est déroulée)… Cela voudrait dire que c'est possible de la réaliser à nouveau l'année prochaine !
Willibert et moi en sommes complètement chamboulés.

Et les *Magic*, en ce moment précis, le furent tout autant. Tommy leva les yeux du texte, le regard en partie voilé.

— Misère, gémit une Zélie secouée, on est en 2020, pile huit cents ans après.

Mois de septembre, de l'an de grâce 1219

Mon obsession pour le Livre Sans Nom *et le projet fou qu'il contient vont crescendo.*
Ma foi est mise, chaque jour, à rude épreuve.
Je me rends bien compte que mon comportement est de plus en plus bizarre.
Après m'avoir regardé avec curiosité, à présent, c'est avec suspicion que l'on me surveille. Je dois absolument me reprendre, faire illusion que tout va comme d'habitude, si je ne veux pas que les choses dégénèrent.
Je commence maintenant à imaginer avec netteté de quelle incroyable façon je pourrais servir Dieu si je bénéficiais de l'immortalité.
Moi, Abbon Fochetenaille, je serai un nouvel élu, un peu comme l'a été Jésus, notre Christ adoré.
Au final, c'est là un pacte avec un simple démon, et non avec Lucifer lui-même. Je sens, au fond de moi, que ma foi devient quasi inébranlable. Je suis sûr de pouvoir faire face.

— On y est, commenta Félix, le vieux craque complet… Il se prend pour un dieu. Complètement fêlé, le Abbon !

Pour que le rituel d'invocation fonctionne, le Livre Sans Nom *stipule que je dois y associer quatre jeunes*

personnes dont l'âge ne doit pas dépasser quinze ans.
Afin que le démon puisse se manifester, nous devons lier notre sang tous les cinq au cours de la cérémonie.
Et tout cela doit se faire autour d'un artefact. Aucune matière, en dehors de l'or, ne fera l'affaire. C'est précisé à plusieurs reprises. Un bijou, sans doute, serait le plus approprié. J'y réfléchis...
Pourquoi pas une bague... une chevalière.
Un objet ouvragé, élégant, facile à transporter et à dissimuler.
C'est cet objet qui va abriter l'essence même du démon.

Tous les regards convergèrent vers la main de Tommy. Le garçon fut saisi par les réminiscences de ses derniers rêves, avec la voix de la bague qui lui parlait *à l'intérieur*.

— Ça s'arrête là, conclut-il en posant les feuillets au centre du cercle qu'ils formaient.

— On n'avait déjà pas assez d'un zombie, dit Félix. Et maintenant, voilà aussi qu'on a un démon sur les bras, enfermé dans une bagouze...

— Oui, confirma Zélie, on est dans une merde noire force dix.

Elle dévisagea Tommy, répéta quasi mot pour mot ce qui était dit dans le texte :

— Pour que le rituel fonctionne, il doit y associer quatre jeunes personnes qui ne doivent pas avoir plus de quinze ans... C'est donc une des premières certitudes qu'on a : l'un d'eux est le jeune Pierdeguerre. Ton ancêtre. Il a participé, de son sang, à cette fameuse célébration.

Félix hochait la tête, tout en se mordillant la lèvre inférieure.

— Et, dit-il à son tour, quelque chose a dû foirer à un moment, car en ce qui concerne notre copain le moine, l'immortalité lui est bien passée sous le nez, vu qu'il a claqué quelques mois plus tard.

— Assassiné, ajouta Stanislas, le regard dans le vide.

Un quart d'heure plus tard, Félix et Tommy se ruaient jusqu'à la grotte circulaire, tâtaient de leurs doigts fébriles les pans de l'autel, trouvaient et ouvraient la cache secrète.

Elle était vide.

30

— Erk, erk, erk, le charria Stanislas en lui assénant un léger coup de coude, avoue que t'aurais préféré que ce soit Zélie qui reste de veille avec toi. Tu crois que j'ai pas remarqué que tu la regardais de plus en plus souvent avec la bouche en cœur ? Vous auriez été bien, dans ce petit trou, collés l'un contre l'autre. Vous auriez pu vous rapprocher...

Tommy haussa les épaules.

— Évidemment que j'aurais préféré que ce soit elle, plutôt que ta petite face de rat constipé… Mais avant que M. Bartabasse l'autorise à passer la nuit chez l'un de nous, ton paternel se sera inscrit à des cours de rodéo, et le mien se sera mis au quidditch.

Ils n'avaient croisé le père de Zélie qu'en de rares occasions. Un homme bâti comme un roc, avec des mains immenses, une tête carrée flanquée de cheveux longs et d'une grosse barbe noire. Pas très bavard, du genre à prononcer pas plus d'une douzaine de phrases par jour. De ce qu'en disait la jeune fille, il veillait sur elle et sa sœur comme une mère ourse sur ses petits, et pour ce qui était de Zélie, il se mettait à grogner à la seule évocation du mot « garçon ».

Tommy rendit son coup de coude à Stanislas, avant d'ajouter, sincère :

— Non, sérieux, je suis vraiment content que tu sois là, mon pote.

Il les avait suppliés pour que lui ou Félix reste cette nuit, et comme ce dernier avait une sortie en famille resto-ciné prévue – c'était l'anniversaire du grand-père Évariste –, Stanislas s'était porté volontaire.

Tommy leva la tête, balaya du regard le champ d'étoiles et le croissant de lune qui se déployaient sur la voûte noire du ciel. Ils avaient dû attendre une heure avancée de la nuit pour s'échapper de la chambre.

Mme Pierdeguerre était venue passer sa tête par l'entrebâillement de la porte pas moins de trois fois en fin de soirée, pour s'assurer qu'ils n'étaient pas encore en train de jouer « les oiseaux de nuit ».

Maintenant, ils étaient nichés dans l'un des entonnoirs creusés par la pelleteuse, dos à l'un des murs de la maison, à gauche de l'appentis où ils garaient le scooter et les vélos. Terrés comme dans un trou d'obus, tels des fantassins de la guerre de 14, attendant le prochain bombardement ou l'assaut ennemi.

Après une longue conciliation, ils avaient opté pour la *Stratégie Numéro 4*, à savoir : guerre de position. On ne bouge pas d'un iota, on repousse les offensives, et on tient jusqu'à la mort.

Aldo s'était lui aussi glissé dans la planque, collé contre Stanislas, car il continuait de soigneusement éviter de toucher son jeune maître. Là, il dormait comme un bienheureux, les quatre pattes en l'air, son vaste ventre rebondi offert à la nuit.

Tommy eut un petit rire étouffé.

— On a l'air un peu cons, quand même, non ?

— Carrément.

Ils portaient les casques de moto. Tommy avait récupéré la hachette qu'utilisait son père pour la coupe du bois. Stanislas était repassé par chez lui en fin d'après-midi, déjà pour demander l'autorisation à la Générale de découcher, mais surtout pour récupérer ce qu'il pensait être d'imparables armes en de telles circonstances : un lance-pierres qu'il alimenterait en gousses d'ail préalablement épluchées, ainsi qu'une bonne rasade d'eau bénite discrètement prélevée dans le bénitier de l'église de Claire-la-Jolie. Il avait versé le précieux liquide dans son ancien pistolet à eau.

— T'es sûr que c'est pas seulement pour en découdre avec les vampires, ce matos-là ? avait demandé Tommy.

— T'inquiète, certain que ça marche pour toutes les monstruosités, quelles qu'elles soient.

Un temps infini s'écoula ainsi, tandis qu'ils gardaient les yeux rivés sur le portail, la haie devant la maison, le jardin.

Tommy donnerait le signal, car la bague, forcément, en montant en température, les préviendrait de l'arrivée de l'oncle Edmond.

Mais autour de 3 heures du matin, c'est Aldo, avant que le bijou ne se manifeste, qui déclencha une première alarme. Car sans crier gare, il bondit tel un diable de l'excavation, labourant au passage d'une bordée de griffes le ventre et les côtes de Stanislas.

Celui-ci poussa un petit cri de surprise, arma aussitôt son lance-pierre. Tommy serra des deux mains le manche de la hachette.

— La chevalière, gémit-il, ça y est, elle est brûlante.

Ils étaient tendus comme des arbalètes, retenaient leur souffle.

Et pourtant, pas le moindre bruit, et ils avaient beau scruter la nuit, rien de suspect ne se présentait sous la lumière blafarde que diffusaient les réverbères du lotissement.

— Bon sang de bonsoir, mais où qu'il est le tonton ?! s'affola Stanislas.

Tommy tourna sa tête casquée vers lui.

— C'est la trouille qui te fait lâcher des vents ?! demanda-t-il. Bon sang, Stan, ça pue la mort.

— Non, promis, j'ai pas pété…

Il huma l'air ambiant, grimaça.

— T'as raison, ça empeste ! Pouah, si ça venait de mes intestins à moi, j'aurais du souci à me faire. Entrailles en putréfaction.

Et c'est le mot *putréfaction* qui les fit réagir.

Car l'exquis parfum venait du zombie.

Mais toujours aucune trace visible de l'oncle.

Et puis il y eut quelques cliquetis.

Ils sursautèrent de concert.

C'était au-dessus de leur tête.

— L'appentis ! cria enfin Tommy, il est sur l'appentis !

Et la seconde d'après, un bout de silhouette apparut, dépassant du bord du toit.

Une voix grinçante écorcha la nuit.

— Comme on se retrouve enfin, sale petit morveux !

L'oncle Edmond se laissa littéralement tomber du toit pour se jeter sur eux, atterrit en bordure du trou et, une fois réceptionné, se redressa de toute sa hauteur.

Les garçons poussèrent un long hurlement et ils demeurèrent tétanisés face à la sinistre apparition.

Saisi d'un violent haut-le-cœur, Tommy fut à deux doigts de vomir dans son casque, d'autant que la créature leur servit le même couplet, parfaitement à l'identique que dans son souvenir d'enfant :

— Un gosse, ça se dresse, ça se redresse, comme un arbre tordu !

Des grosses moustaches et des cheveux grisonnants lissés en arrière, de son visage, il ne restait rien. À peine des lambeaux de chair informes lui décorant les joues, une partie de son cou et l'arrondi du crâne, comme des restes de pâtes au fond d'un plat de lasagnes qu'on aurait oublié dans un frigo depuis plusieurs mois. Du regard acéré, rien non plus. Deux orbites vides. Dans celle de droite, un fil humide, laiteux, pendait mollement, sans doute la racine restante du nerf optique. La mâchoire claquait, encore décorée de quelques dents.

D'une main parfaitement décharnée où ne brillait que l'ivoire de l'os, il saisit Tommy à la gorge d'un mouvement fulgurant. Le garçon lâcha son arme et tenta désespérément de se libérer.

En vain. La poigne était solide.

Très vite, l'air manqua à Tommy.

Stanislas se redressa. Il ne s'en rendait pas compte, mais il continuait de hurler. Il avait compris une chose : le zombie était obnubilé par son ami et faisait comme si lui n'existait pas.

Il avait lâché son lance-pierre. Par réflexe, il saisit toute sa réserve d'ail, et la main pleine, plongea le tout dans la gueule du monstre. L'oncle siffla et cracha en même temps, mais ce fut tout. Apparemment, son ami avait raison : ce devait être efficace seulement contre les vampires.

Tandis que le visage de son meilleur copain engoncé dans le casque commençait à virer au bleu, Stanislas essaya l'eau bénite. Ce qui n'eut pas plus d'effet que l'ail.

Alors mu par le désespoir – Tommy avait maintenant les yeux qui lui sortaient de la tête –, il saisit la hachette et frappa de toutes ses forces à hauteur du poignet d'Edmond. Il hurlait toujours.

Quatre coups furent nécessaires pour que la lame fasse son œuvre, que l'os soit définitivement tranché. Tommy put se débarrasser de la main qui lui jugulait la carotide, ôter son casque et aspirer une bouffée d'air.

Qu'à cela ne tienne, le zombie ne prit même pas la peine d'observer outre mesure son bras se terminant à présent par un moignon, que déjà il attrapait sa proie de son autre main, pressant de plus belle.

Tommy avait cessé toute résistance, son corps s'abandonnant comme s'il était dépourvu de muscles, avec deux trois sursauts épars, derniers signes d'une vie s'échappant.

Stanislas s'apprêtait à donner de nouveaux coups de hachette, quand une voix, dans le jardin, s'éleva.

— Saleté de salaud. Tu ne nous as pas déjà assez enquiquinés de ton vivant, pour revenir encore nous chercher des noises, alors que t'es mort de chez mort depuis bien longtemps !

Sise dans son fauteuil, bien droite, les yeux lançant des éclairs de colère, grand-tante Violette se tenait à trois mètres de là seulement, et quand Stanislas réalisa ce qu'elle tenait dans les mains, il comprit toute la portée de la phrase que la vieille dame avait prononcée pendant le repas de midi.

Par Dieu sait quel miracle, elle avait récupéré et armé l'ancien fusil de chasse de son mari, et pointait maintenant le canon vers la créature.

Il y eut deux déflagrations consécutives.

La portée était courte. Si bien que les dégâts furent impressionnants. Une chance qu'aucun des garçons ne fut touché.

Le premier coup emporta l'une des jambes de l'oncle Edmond. Purement et simplement. Le second lui fit un trou béant dans la poitrine.

Le zombie lâcha enfin prise. Tommy put saisir un filet d'air, bien mince, mais suffisant pour se raccrocher à la vie. L'oncle tourna son horrible tête, et quand il se rendit compte que c'était son épouse qui se tenait là, juste devant lui, il poussa un gémissement terrible avant de prendre la fuite.

Avec une jambe défragmentée, il n'était plus en mesure de tenir debout. Aussi, il rampa, d'une façon terrible, s'appuyant et poussant sur le pied qui lui restait, s'aidant de sa main droite, et de la gauche, utilisant son seul moignon.

Il disparut à travers la haie, laissant dans la nuit un chapelet de gargouillis. Avec effroi, Stanislas perçut un petit ricanement sournois.

31

— Et ce qui est tout aussi fou, commenta Tommy, c'est que les coups de feu, ajoutés aux hurlements de Stan, n'ont réveillé personne, ni chez moi, ni dans le voisinage.

Il se racla la gorge.

— Il m'a fallu au moins une demi-heure pour que je me remette à respirer normalement.

Puis il posa une main sur son cou, là où l'attaque de l'oncle Edmond avait laissé un liseré violacé.

— Je te dis pas comment ça a été coton de dissimuler ça à ma mère ce matin. J'ai dû mettre un bandana que j'avais pas porté depuis l'école primaire…

Il eut un pâle sourire. Zélie le lui rendit, et d'un regard, l'encouragea à continuer.

— Après, on a constaté que sitôt tranchée, la main de mon oncle était tombée en poussière. Et pareil pour la jambe. Avec Stan, on était complètement sous le choc. Je crois qu'on n'a même pas échangé un mot avant de rentrer. On a fait le tour de la maison. Mes parents et Elliot dormaient comme des bébés. Et grand-tante Violette s'était recouchée, comme si rien de tout ça n'avait existé. Son fauteuil était là, à côté de son lit. Et tu sais quoi ?

Zélie observait le visage du garçon, ses traits creusés.

— Non, quoi ?

— Yeux fermés, immobile dans son sommeil, eh ben figure-toi qu'elle souriait. Un grand sourire qui l'illuminait tout entière, tu vois. Elle avait l'air à la fois heureuse et soulagée.

Tommy fit une pause, posa sa main en guise de visière, regarda là où batifolaient à grand renfort de cris et de rires Stanislas et Félix.

Vendredi.

Ils avaient décidé de faire une pause. Après les événements de la nuit, Zélie avait eu la bonne idée de proposer un après-midi baignade.

Un coin connu d'eux seuls qu'ils avaient découvert par hasard l'été précédent, à une dizaine de kilomètres de Claire-la-Jolie. Ils étaient venus sur leurs deux-roues. Stanislas sur son scooter, les autres à vélo.

Un bras de rivière au lit tapissé de galets. Ça faisait d'abord un coude, où l'eau, rapide et peu profonde, se tortillait en glougloutant. Ensuite, le cours s'élargissait considérablement, formait un bassin d'une dizaine de mètres de diamètre où ils n'avaient plus pied.

En bordure de ce petit coin de paradis, au sud et à l'est, une partie largement boisée, et au nord et à l'ouest, une pyramide de rochers en escaliers que l'on pouvait facilement gravir, haute d'environ cinq mètres. Un arbre au tronc large et tordu avait poussé et, quasiment collé à la roche, lançait ses branchages plus haut encore que le sommet de la petite montagne de pierres. Si bien que les *Magic* y avaient noué une solide corde, avec en son bout un ancien pneu de la bécane de Stanislas. Ainsi, en se tenant au caoutchouc, on pouvait se balancer au-dessus de l'onde avant de s'y laisser tomber.

Et pendant que Zélie et Tommy étaient restés sur le bord à discuter – ils tournaient le dos à la forêt –, Stanislas et Félix, en maillot de bain, enchaînaient les figures. Autant celles de ce dernier étaient hautement acrobatiques, autant Stanislas se contentait de lourdement choir dans l'eau en émettant de délicieux hurlements suraigus.

Le garçon et la jeune fille étaient si près l'un de l'autre que leurs genoux se touchaient. Tommy avait laissé passer un nouveau silence. On aurait dit qu'il avait sans arrêt besoin de chercher ses mots, comme si son cerveau, à mesure que la bague l'envahissait, fonctionnait de plus en plus au ralenti. Ses sourcils étaient quasiment tout le temps froncés.

— On est allés jeter un coup d'œil dans le garage, poursuivit-il. Le fusil était à sa place, comme s'il n'avait jamais bougé de là. Sauf que preuve qu'on n'avait pas rêvé tout ça : la culasse et le canon étaient encore brûlants.

Zélie fouilla dans son sac à dos, en sortit une bouteille de jus de fruit. Elle but longuement, avant d'en proposer à Tommy. Il refusa.

Elle avait apporté son arc et ses fameuses flèches avec les petites sphères en guise d'embouts. Dans l'idée de prendre un moment pour s'entraîner.

— Peut-être qu'avec les blessures qu'il a reçues, dit-elle, le zombie est tout juste parvenu à se traîner non loin de chez toi, et a fini par… comment on peut dire ? Re-mourir ?

La réponse du garçon fut sans appel :

— Non, certain que non. Crois-moi, il est encore de ce monde. C'est difficile à expliquer, mais je le sens. On n'en a pas terminé avec lui.

— Hier, j'ai veillé tard. J'ai fait pas mal de recherches sur le Net. Bon, déjà, je confirme : l'eau bénite et l'ail sont parfaitement inefficaces !

Elle se fendit d'un petit rire en désignant Stanislas d'un mouvement de menton.

— Il y a tellement d'infos que c'est pas facile de faire le tri, style dans la rubrique *Comment se débarrasser d'un mort-vivant* ; au bas mot cinquante façons d'opérer différentes. Il faut que je resserre, que je recoupe les points communs qui apparaissent le plus souvent à travers les différents mythes, comme dirait ma prof de latin : que je trouve le fameux *modus operandi* qui nous offrira la plus grande chance de réussite.

Quand elle rangea le jus de fruit dans son sac, Tommy repéra la peluche à l'intérieur. Zélie le remarqua, ébaucha une grimace, avant d'exhiber un éléphant bleu de la taille de deux poings réunis.

— Je sais que ça vous fait bien rigoler, ce doudou que je me trimballe partout depuis toute petite, mon fameux porte-bonheur.

L'animal avait le poil élimé, et l'une de ses grandes oreilles manquait à l'appel. Il avait des petits yeux chassieux, de couleur orange, et la trompe tombante qui tirait sensiblement vers la droite.

— C'est quoi, déjà, son nom ?

— Torinoboli... Normal que ce soit un peu bizarre. C'est moi qui l'ai nommé ainsi, alors que je commençais à peine d'apprendre à marcher !

Tommy éleva la main avec un triste sourire, exposa la chevalière au-dessus de sa tête, en pleine lumière.

— Moi, c'est un porte-malheur que je me trimballe. Une méga bagouze maléfique aux super-pouvoirs de la mort.

Zélie posa une main sur son bras, et à la grande surprise du garçon, posa juste après un baiser délicat sur sa joue.

Tommy rougit. Cela occasionna une bienheureuse touche de couleur sur sa peau qui virait au gris clair.

— On va s'en sortir, affirma-t-elle, convaincue. On est tous les quatre liés à cette saleté de bague ; c'est certain. T'es pas seul, Tom... Oui, on va finir par s'en sortir.

Du haut du promontoire, alors que Félix, après avoir saisi le pneu, s'apprêtait à se balancer une nouvelle fois dans le vide, Stanislas, qui attendait son tour derrière, cria, enthousiaste :

— Hé Tommy ! Regarde ça ! Féfé a la même que nous !

Il désignait du doigt une tache de naissance, à hauteur de l'omoplate gauche de son ami.

— La même que nous ? s'étonna Zélie.

Tommy était torse nu. Il se contenta de lever le bras droit, posa l'index sur sa propre tache.

— Mince alors... dit la jeune fille.

Elle se mit debout, se tourna, montra aux garçons l'intérieur de l'un de ses genoux. Nichée dans le creux, une auréole brune, elle aussi identique. L'équivalent de deux timbres.

Félix se tordait le cou pour voir la tache qu'il avait dans le haut de son dos depuis sa naissance, quand Stanislas beugla de nouveau.

Mais cette fois, c'était parce que quelqu'un était venu par-derrière, s'était collé à son dos, et sans aucun ménagement, lui avait attrapé les cheveux.

32

Vu la corpulence de son agresseur et la poigne avec laquelle il le maintenait, Stanislas comprit que c'était le grand Sofiane. Il pouvait sentir son haleine chaude à portée de son oreille, dans sa nuque. Il prit également conscience d'un autre point de détail, tandis que Félix les dévisageait tous deux avec des yeux où clignotaient des petits éclats de panique : il avait la lame d'un cran d'arrêt sous la gorge.

Sofiane exerçait sur l'arme une légère pression, si bien que Stanislas restait totalement paralysé. Il avait du mal à respirer.

Amir apparut derrière son acolyte l'instant d'après, avec aux lèvres un sourire conquérant.

— On est venus venger Méphisto, bande de minables ! annonça-t-il à la cantonade, de façon à être aussi entendu par Zélie et Tommy restés sur la rive.

Félix était soumis à son habituel courant électrique interne. Poussée d'adrénaline soudaine mais surtout incontrôlable. Dans ces moments-là, parler lui était difficile. Néanmoins, il parvint à formuler d'une voix mécanique :

— Comment ils ont fait pour découvrir notre planque secrète, ces cons-là ?

On sentait qu'il vivait ça comme une agression, autant que la lame glissée sous la carotide de son ami. Sa nervosité l'empêchait de comprendre.

— Fastoche, gargouilla Stanislas, dont le visage était de plus en plus pâle, ils nous ont suivis.

Même si de là où elle se trouvait, la jeune fille n'avait pas identifié le cran d'arrêt dans le poing de Sofiane – et donc pas pris toute la mesure de la dangerosité de la situation –, elle fut, comme souvent, la première à réagir.

Une seconde pour saisir son arc et l'une de ses flèches. Une autre pour l'encocher et se mettre en position de tir.

Le projectile fusa à la vitesse de la lumière. Mais Sofiane ne se laissa pas prendre de court. Avec tout autant de vélocité, et sans relâcher sa prise, il avait forcé Stanislas à faire un quart de tour sur lui-même, le plaçant pile dans la ligne de mire, tassant son grand squelette derrière le corps rondelet du garçon pour s'en servir de bouclier.

Au même moment, Félix, qui n'avait toujours pas lâché le pneu, s'élança au-dessus de l'onde, et au final d'un vaste mouvement de balancier, revint à hauteur du promontoire à toute vitesse.

Deux impacts eurent lieu ainsi presque coup sur coup.

D'abord l'embout de la flèche qui vint ricocher sur le haut du crâne de Stanislas. Cela produisit un bruit semblable à une balle de tennis percutant un mur.

Puis Félix rentra de plein fouet dans Sofiane.

Tandis que ce dernier, ébranlé par le choc, relâchait Stanislas, Amir bondissait en avant, et d'une façon toute féline, parvenait à s'accrocher à Félix.

Si bien que quand la corde repartit dans le sens inverse, ils se retrouvèrent enlacés l'un à l'autre, suspendus, pendule humain survolant les eaux de la rivière.

Se tenant seulement d'un bras, ils s'échangèrent ensuite d'hasardeux mais rageurs coups de poing. Amir accusa un uppercut fulgurant qui lui anesthésia l'oreille. Félix, une manchette d'un revers de coude qui lui fusilla le nez. Une douleur aiguë lui vrilla le crâne.

Pris au dépourvu, Sofiane observait Stanislas tituber le long de l'éminence. La flèche l'avait à moitié assommé. Le voilà qui tournait sur lui-même, tanguait d'un côté, puis de l'autre, frôlant dangereusement le vide à chaque mouvement.

Zélie venait juste de saisir une autre flèche, quand une voix familière s'éleva dans son dos.

Évidemment.

Amir et Sofiane n'étaient pas venus seuls.

— Alors les Zamoureux, vous étiez à deux doigts de vous rouler une pelle, non ? On était planqués pas loin, à vous mater... Désolé de venir refroidir l'ambiance et d'interrompre vos roucoulades.

Tommy et la jeune fille se retournèrent.

Kévin et Antoine venaient de faire leur apparition.

Le premier était lui aussi armé d'un cran d'arrêt, alors que le second brandissait et agitait avec une nonchalance provocatrice une batte de base-ball.

Tommy se releva avec la lenteur d'un automate. Ses yeux faisaient d'incessants allers-retours entre les nouveaux arrivants et ce qui se jouait au sommet du monolithe rocheux : Félix, le nez sanguinolent, venait d'entrer dans une telle rage, qu'il abandonna la boxe et croqua dans l'oreille droite de son adversaire à pleines dents. Amir hurla, et sous l'effet de la douleur, lâcha le pneu, puis alla percer la surface dans une gerbe d'eau, à seulement deux mètres du bord de la falaise.

— J'ai tapé contre un rocher ! grogna-t-il de douleur, quand sa tête réapparut.

Il tenait l'une de ses jambes, flottait tel un grimaçant culbuto.

Le pneu repartit dans le sens opposé. Toujours accroché, Félix poussa une clameur guerrière.

D'un adroit mouvement de bassin, il évita de peu un Stanislas qui poursuivait ses étranges pas de danse, entra en collision avec Sofiane, qui fut victime d'une nouvelle reculée, lâcha son cran d'arrêt. Ses talons flirtaient maintenant avec l'arête du promontoire. Il moulina désespérément des bras pour lutter contre l'attraction du vide. Il en fallut de peu qu'il aille s'écraser en bas. Mais misant sur le poids de sa large poitrine, il se projeta en avant de toutes ses forces, tomba à genoux sur la roche, le souffle court.

Pendant ce temps-là, Kévin fixait Tommy avec une étrange intensité.

— On a aussi entendu c'que t'as dit, tête de renard à lunettes…

Il désigna la chevalière.

— … C'est donc cette bague qui a fait clamser mon chien. File-la moi tout de suite ou on vous défonce tous les deux.

Tommy et Zélie n'en revinrent pas.

— Tu… tu la vois aussi ?

— Bien sûr, j'suis pas aveugle !

— Mais de quoi tu parles ? demanda Antoine, légèrement interloqué. Quelle bague ?

Il avait fait un pas en avant, en brandissant sa batte.

Zélie remarqua que Kévin avait du mal à détacher son regard de la chevalière – un regard hypnotisé et envieux.

— Crois-moi, je t'en aurais fait cadeau avec le plus grand plaisir, lui confia Tommy. Je donnerais cher pour me débarrasser de ce fardeau. Sauf que…

— Sauf que ?

— Je ne peux pas l'enlever. Elle est fixée à mon doigt, comme… comme si elle faisait partie de moi.

Zélie ne quittait pas des yeux la batte d'Antoine. Elle n'avait pas encoché sa flèche. De toute façon, ils étaient trop près les uns des autres ; tirer aurait été impossible.

Là-haut, toujours en partie dans les vapes, Stanislas venait de faire un hasardeux pas de trop. Il tomba dans l'eau.

— Félix, Stan est out ! cria Tommy qui avait jeté un regard paniqué en direction de la rivière. Il va se noyer !

Félix lâcha aussitôt le pneu, chuta à son tour.

Kévin semblait se désintéresser complètement de ce qu'il advenait de ses deux autres compères : Sofiane, toujours à genoux, et Amir, qui avait réussi à rejoindre la berge malgré sa cheville blessée.

Il ne voyait *que* la chevalière, et une brume inquiétante flottait dans ses pupilles comme un nuage de gaz toxique.

— Il reste pourtant une solution, finit-il par déclarer en présentant la lame de son cran d'arrêt. Un doigt, ça se coupe tout aussi facilement qu'un morceau de steak bien saignant.

Et à la manière qu'il eut de prononcer cette phrase, Zélie et Tommy comprirent qu'il ne bluffait pas.

Dans l'eau, Félix avait récupéré Stanislas, et le tenant sous l'aisselle, avec une main sous le menton pour qu'il ne boive pas la tasse, le tractait péniblement vers le bord.

— Action, se contenta d'ajouter ensuite Kévin avec un grognement animal.

C'était un ordre à l'intention d'Antoine, qui aussitôt, se lança en avant pour frapper de sa batte.

L'attaque était pour Zélie. Le premier coup vint horizontalement. Elle plia les genoux, s'arc-bouta, esquiva avec brio. Mais le second s'enchaîna aussitôt derrière. Cette fois, elle n'eut d'autre choix que de parer avec son arc. L'impact occasionna dans ses mains, ses poignets et le long de ses bras de violentes vibrations. Le bout de la batte s'arrêta à un demi-centimètre seulement de sa mâchoire. Si le coup avait porté, ses dents auraient sans doute valsé aux quatre vents.

À ce moment précis, la chevalière monta soudain en température, et à l'instar de ce qui s'était passé dans le square, Tommy sombra en un claquement de doigt dans un état second.

Il bondit, lança la jambe, asséna un coup de pied précis dans le bras de Kévin. Le couteau vola. Et la seconde d'après, il appliquait ses mains sur le visage de son adversaire, qui se mit à hurler comme un dément.

Avec une telle force qu'Antoine resta sidéré, baissa sa garde.

Zélie en profita pour le frapper à son tour. Un revers de son arc, bien ajusté, qui lui gifla la face. Elle saisit ensuite Tommy et le tira en arrière pour que ses mains se décollent du visage de Kévin, attrapa son sac à dos, avant d'entraîner son ami au plus vite vers l'endroit où ils avaient garé leurs deux-roues.

En pénétrant dans les sous-bois, elle cria derrière elle :

— Féfé, Stan ! Magnez-vous le train, on décampe !

Félix venait de sortir de l'eau, soutenait Stanislas, encore groggy. Même si le bain forcé l'avait remis quelque peu d'aplomb.

Ils passèrent à portée de Kévin, constatèrent avec effarement que ses cheveux avaient anormalement poussé vite et qu'il accusait une légère barbe. Plus aucun bouton d'acné n'apparaissait sur son visage. Il était assis, un peu penché sur le côté, le regard dans le vide.

Il n'avait plus quinze ans.

Stanislas lui donna autour de vingt, vingt-cinq ans.

33

Félix ricanait allègrement en pointant du doigt l'énorme bosse qui avait poussé en haut du front de Stanislas.

— T'es en train de te transformer en licorne, dit-il, enjoué. Tu vas avoir un succès dingue auprès des fillettes. Dans la tranche des quatre-sept ans, j'dirais !

— Bon sang, Féfé, tu veux bien arrêter de gigoter de la sorte, sinon je ne vais jamais y arriver ! tempêta Zélie.

Elle s'acharnait à lui glisser des tortillons de coton dans ses narines ensanglantées.

17 heures. Les *Magic* s'étaient confinés dans la petite salle de bains. Ils étaient encore tous les quatre fébriles, se remettaient à peine de leur confrontation musclée avec la bande de Kévin.

La jeune fille était même soumise à un léger tremblement qu'elle avait bien du mal à refréner.

Personne, du reste de la famille Pierdeguerre, n'était encore rentré.

— Je ne pense pas qu'il soit cassé, diagnostiqua-t-elle. Mais ce serait peut-être préférable que tu ailles faire un tour aux urgences pour t'en assurer.

— Laisse tomber, se gargarisa Félix, je te rappelle que c'est seulement la troisième fois que je m'explose le pif depuis le début de l'année. Chute de vélo, et un mois plus tard, re-gamelle, mais en skate ce coup-ci. Descente de rampe trop rapide et pas eu le temps de mettre les mains.

— Voilà, j'ai terminé, je peux pas faire mieux. En tout cas, ça ne saigne plus. Bon, t'as l'air débile avec ces deux trucs qui te sortent du nez, mais, pas plus que d'habitude, au final.

Félix eut un sourire goguenard.

— Merci pour la vanne, et merci pour les soins, madame l'infirmière ! Hé, Tom, t'as vraiment pas l'air dans ton assiette, puis t'as la figure presque aussi blanche que ton bac à douche.

D'une main, Tommy agrippait la bordure du lavabo, semblait à peine tenir sur ses jambes, comme s'il s'était trouvé sur le pont d'un navire pris dans une tempête.

Le regard vide, il fixait la chevalière à son doigt.

Les trois autres firent silence. Finie la rigolade. L'état psychique chancelant du garçon les replongeait abruptement dans cette nouvelle réalité, surréaliste et terrifiante, qui modelait leur vie depuis quelques jours.

— Je l'ai tué, déclara Tommy.

Dans un murmure, à la façon d'une confession, lâchée dans le recoin d'une église.

Il redressa son regard, dévisagea ses compagnons, un par un.

— Kévin, ajouta-t-il ensuite, je l'ai tué. Je suis un meurtrier. Il est condamné à vieillir à toute vitesse et à finir raide dans son lit, d'un arrêt cardiaque ou je ne sais quoi d'autre, à l'âge de quatre-vingt-dix ans ou même plus. Par ma faute. Je sais bien que c'est un crétin, mais de là à l'assassiner…

Félix secoua la tête avec véhémence.

— Tu y es pour rien, Tom. Tu sais bien que le seul responsable, c'est le démon qui est dans la bague. Toi, t'es juste sa marionnette, une sorte d'exécutant ou…

Le porteur ne l'écoutait même pas, enfermé qu'il était dans ses sinistres pensées et dans une culpabilité si brûlante qu'elle annihilait tout le reste.

— Peut-être qu'il est déjà mort, à l'heure où on parle.

Stanislas lui serra l'épaule.

— C'est rien d'autre que cette saleté de bijou qui te rend si pessimiste. Je ne suis pas d'accord avec toi. Je suis certain qu'il a juste un peu vieilli.

— Oui, certain, convint Félix. Et moi, je continue d'être persuadé que la bague quittera ton doigt seulement quand on aura réglé son compte au vilain tonton Edmond.

Zélie hocha également la tête en signe d'assentiment, puis elle fronça les sourcils, avant de glisser une mèche de ses cheveux couleur nuit derrière son oreille.

— Une autre chose me préoccupe : Kévin voit aussi la chevalière. Ça signifie quoi ? Qu'on est également liés à lui, et lui à nous ? Dans le journal, Fochetenaille parle de quatre jeunes personnes pour le rituel, pas cinq. Et il n'y a que quatre lettres gravées sur la bague.

— Encore que, continua Stanislas, on n'a pour le moment aucune preuve vraiment formelle que ce sont des initiales de prénoms.

Sans s'en rendre compte, il promenait le bout de son index sur les contours de sa volumineuse bosse.

— Quelque chose nous échappe encore, reconnut la jeune fille. Je dois dire que je suis un peu paumée, là.

— Faudrait peut-être aller vérifier si Kévin porte lui aussi une tache de naissance ? proposa Félix, un sourire taquin au coin des lèvres.

— Et ben, à toi l'honneur, glousa Stanislas. Aucune envie de me trouver à devoir inspecter les coins et les recoins de son anatomie.

— Si t'avais vu ses yeux, continua Zélie, quand il regardait la bague… Il était hypnotisé. Comme Gollum dans *Le Seigneur des anneaux*.

— Mon prééééééccciieux, singea Félix en grimaçant.

34

Stanislas faisait les cent pas dans la chambre mansardée de Tommy, son téléphone portable collé à l'oreille. Il opinait sans arrêt du chef et disait toutes les trente secondes :

— Ah oui… Oui, maman...

Il avait appelé sa mère pour lui demander l'autorisation de dormir ici cette nuit encore. Après avoir donné son accord, la Générale s'était lancée dans un long monologue. Elle lui racontait sa journée dans le détail. C'était une femme très bavarde, et le garçon commençait à s'impatienter. Il n'avait de cesse de réajuster la raie et la mèche de sa coiffure.

Quand il put enfin raccrocher, il se précipita hors de la chambre pour appeler Tommy.

Et n'obtint aucune réponse.

Il dévala les marches pour rejoindre le rez-de-chaussée. Zélie et Félix étaient partis depuis peu et le reste du clan Pierdeguerre ne serait pas rentré avant une heure.

Cuisine et salon déserts.

Stanislas fut saisi d'un mauvais pressentiment. De ceux qui vous dessèchent subitement la bouche et accélèrent vos pulsations cardiaques.

— TOMMY ?! T'ES OÙ ?! finit-il par crier.

N'obtenant toujours aucune réponse, il remonta au premier étage, inspecta rapidement toilettes et salle de bains, redescendit, alla voir dans le garage, puis dans la première cave.

« Et s'il avait rejoint les catacombes... » pensa-t-il de plus en plus inquiet.

Mais même quand il fut au bord du trou, tenant la corde rattachée au pied du bahut, il n'eut, en guise de réponse à ses appels répétés, qu'un silence de plomb.

Il finit par remonter, franchit la porte d'entrée, se planta au milieu du jardin, tourna plusieurs fois sur lui-même.

Aucune trace de Tommy.

Stanislas passa devant l'appentis où il avait garé son scooter, jeta un coup d'œil à l'excavation où la nuit précédente ils avaient subi l'attaque de l'oncle Edmond, avant de contourner la maison.

Derrière, M. Pierdeguerre avait remisé la pelleteuse. Elle attendait là, immobile, au milieu du parterre de trous qu'elle avait creusé. Plus loin, dans l'angle du terrain le plus à l'ouest se dressait le petit cabanon où le père de Tommy rangeait ses outils et bricolait pendant le week-end.

La porte était grande ouverte, alors que d'habitude – Stanislas en était presque sûr –, elle restait toujours fermée.

Il s'avança. Lentement. Comme s'il y avait danger à s'approcher trop près de la petite bicoque en bois.

Il parvint au seuil.

Les cloisons étant percées de deux seules lucarnes étroites, une pénombre traversée de rayons de soleil couleur miel emplissait les lieux.

Stanislas cligna quelques secondes des paupières.

— Hé, tigre à la noix, tu pourrais quand même répondre quand je t'appelle…

Tommy se tenait là, debout derrière l'établi, raide comme un piquet. Il avait posé ses mains à plat sur la surface en bois rugueux, avec les doigts exagérément écartés. Stanislas ne savait pas pourquoi, mais il songea à deux étoiles de mer faites de chair. Ostentatoire, la chevalière à l'annulaire balançait des flashs lumineux.

Stanislas eut soudain un mal fou à déglutir.

Le regard de son ami fixait un point de l'établi, juste entre ses deux mains.

— Qu'est-ce que tu… commença Stanislas, de plus en plus mal à l'aise.

Tommy leva vers lui un regard éteint, avant de déclarer d'une voix friable :

— Je ne veux pas être un meurtrier.

Il y avait beaucoup de conviction dans cette simple phrase.

— Tu sais ce que m'a dit Kévin quand on était au bord de la rivière ? demanda-t-il ensuite.

Stanislas se contenta de secouer la tête, incapable d'articuler la moindre syllabe.

— Quand je lui ai expliqué que je ne pouvais pas enlever cette maudite bague… Il a lancé, en dressant la lame de son couteau : « Un doigt, ça se coupe tout aussi facilement qu'un morceau de steak bien saignant. » Il avait raison.

Et avant que Stanislas ne puisse réagir, Tommy plongea sa main gauche sous le plan de travail. La seconde suivante, quand elle réapparut, elle s'était faite poing.

Et dans ce poing s'était glissée une hachette. Celle-là même qu'avait utilisée Stanislas pour sectionner le poignet de l'oncle Edmond.

Le bras de Tommy se leva, telle la queue d'un scorpion, puis s'abattit. Tranchant net l'annulaire droit, porteur de la chevalière.

Les deux garçons hurlèrent en même temps. Le premier de douleur, l'autre d'effroi.

35

Les parents de Stanislas, ses trois frères, mais aussi tous les professeurs qu'il avait eus depuis le début de sa scolarité, l'avaient souvent qualifié de « pataud ».

S'ils avaient été présents ce jour-là, sans nul doute qu'ils auraient revu leur jugement.

Car le garçon se montra d'une rapidité déconcertante. Dans certaines situations où l'urgence prime, où le drame est là à couver, tel un cobra prêt à occasionner sa frappe mortelle, le cerveau reptilien prend alors les commandes.

Dans la seconde qui suivit l'amputation, Stanislas cessa de réfléchir normalement. Habité d'une énergie et d'un sang-froid inhabituels, il se lança dans l'action.

Il venait tout juste de voir le doigt porteur de la bague rouler sur la surface de l'établi – le sang jaillissait comme d'une fontaine, dessinant sur le bois un écheveau de filets écarlates – quand il arracha sa chemise. Arracher, c'était bien le terme le plus adéquat, car il ne prit même pas la peine de défaire les boutons. Il poussa ensuite un grognement en déchirant le linge en deux.

Stanislas se jeta littéralement sur Tommy – ce dernier, sidéré, contemplait l'écœurante blessure, tétanisé par ce qu'il venait de faire – et enroula le moignon. Le blanc de la chemise se gorgea aussitôt de sang.

— Garde ça appuyé, ordonna-t-il. Fort, même si c'est douloureux. Faut arrêter l'hémorragie.

Il tapota la joue de son ami, le fit s'asseoir.

— Je reviens de suite, ajouta-t-il en prenant le doigt sectionné et en tirant sur la bague.

Miracle : elle glissa sans la moindre difficulté le long de la peau, rebondit sur la surface en bois avec un léger tintement.

Stanislas fit le tour de la maison sur les chapeaux de roue, son poing serrant le doigt de Tommy Pierdeguerre.

Il eut une pensée pour M. Exénevet, son prof de sport de l'année précédente, qui n'avait eu de cesse de lui vanter les bienfaits de la course à pied.

— Ça y est, je m'y suis mis, lui confiera-t-il à la rentrée prochaine. Je m'entraîne à faire des sprints avec un doigt tranché à la main ! Je viens de créer une toute nouvelle discipline !

Et à cette seule pensée totalement surréaliste, il fut saisi d'un début de fou rire.

Qui cessa dès qu'il se précipita dans la cuisine. Il ouvrit le bac supérieur du congélateur, démoula tout un stock de glaçons qu'il bourra dans un sachet plastique. Avec précaution, il mit le doigt dans un torchon avant de le glisser dedans. Puis il retourna à toute vitesse auprès de son ami.

Tommy l'attendait, le visage exsangue, pleurant toutes les larmes de son corps. Ça lui faisait des cascades le long des joues.

— Je crois que j'ai encore eu une absence, murmura-t-il. Juste quelques secondes…

Il faisait peine à voir, pris dans une chape de violent désespoir.

— … Et quand je suis revenu à moi…

Il montra sa main gauche.

— Sans m'en rendre compte, j'avais mis la chevalière à mon autre annulaire.

Stanislas, de rage, jura :

— Putain de bordel de bague à la con, de moine et de démon de merde !!!

Il attrapa Tommy.

— Surtout, ne relâche pas la pression sur la plaie ! On prend ma bécane et je te conduis à l'hosto fissa !

36

Bien qu'épuisé, Tommy ne parvenait pas à trouver le sommeil. Il flottait dans une sorte d'entre-deux, avec l'impression que son corps était lové dans un nid de coton. C'était en partie dû à la morphine qu'on lui distillait au compte-gouttes depuis plusieurs heures. Le tuyau filait de l'intérieur de son bras jusqu'en haut de la potence en ferraille, à gauche de son lit, où pendait une poche remplie d'un liquide incolore.

Le produit miracle avait jugulé l'horrible souffrance. Sa main droite, emmaillotée dans un volumineux pansement, reposait sur son ventre. Le long de sa hanche, la main gauche, inerte elle aussi, arborait la chevalière.

Après que Stanislas l'avait aidé à se coller derrière lui sur le scooter, il ne conservait de la suite des événements qu'une guirlande d'images.

Sa mémoire était jalonnée de petits trous noirs. Il se souvenait de la descente à toute berzingue jusqu'au centre-ville de Claire-la-Jolie.

Son ami avait pris des risques inconsidérés pour rallier les urgences au plus vite, doublant une voiture traînant une caravane, puis un semi-remorque, alors qu'il n'avait aucune visibilité.

Une fois allongé sur un brancard, glissant le long des couloirs de l'hôpital, ses yeux avaient papillonné sous la lumière crue des plafonniers. Au-dessus de lui, la tête de Stanislas apparaissait en surimpression, avec cet éternel sourire rassurant. Le garçon trottait à ses côtés, serrant sa main valide.

C'était bien grâce à lui si les chirurgiens avaient pu greffer l'annulaire. Stanislas avait eu le bon réflexe de plonger tout de suite le doigt dans la glace. Tommy avait bénéficié d'une anesthésie générale, et au bout de deux heures d'opération, avait lentement repris conscience en salle de réveil, avant qu'on ne le transporte dans sa chambre. Ils souhaitaient le garder en observation pour la nuit. Sans doute serait-il en état de rentrer chez lui le lendemain.

L'orage avait démarré en début de soirée, d'abord par quelques tressautements lointains, alors que ses parents et Stanislas étaient encore à son chevet. L'infirmière de garde avait eu bien du mal à les faire partir. Elle n'avait eu de cesse de revenir à la charge, répétant, inlassablement :

— Il a vraiment, vraiment, besoin de repos.

Mais Mme Pierdeguerre, assise sur le rebord du lit, machinalement, caressait d'une main délicate la chevelure zébrée de son fils, murmurant toutes les deux minutes :

— Oh, mon tigre… mon tigre… Tu nous as fait une de ces peurs…

Quand ils avaient demandé des explications, Stanislas leur avait déballé plus ou moins adroitement un gros bobard. Genre : on voulait faire une surprise à Zélie, lui fabriquer une cible en bois, de forme humanoïde, pour ses entraînements au tir à l'arc.

M. Pierdeguerre avait levé les yeux au ciel.

— L'idée du siècle, avait-il dit, sachant à quel point vous êtes maladroits tous les deux. Limitez-vous aux jeux de plateau, c'est beaucoup moins risqué… Dorénavant, j'édicte une nouvelle règle : interdiction d'approcher à moins de trois mètres de la porte de mon cabanon. Bon, en dehors de ça, Stanislas, merci mille fois pour ce que tu as fait…

À présent, alors que minuit était en passe de sonner, l'orage crachait son déluge d'eau sur la ville. Le ciel craquait sous les grondements de tonnerre. La fenêtre, à droite du garçon, se teintait de lumière chaque fois qu'un éclair déchirait l'obscurité. Il avait demandé à ce qu'on ne baisse pas les volets électriques, il aurait eu la sensation d'étouffer si on avait bouché la seule ouverture qu'il avait sur le monde extérieur.

La chambre était spartiate. Une table de nuit où il avait posé ses lunettes, un grand fauteuil, un écran de télé sur le mur d'en face. Là aussi il avait réclamé à ce que l'appareil reste allumé, avec le son en sourdine. Des dessins animés s'enchaînaient. Avec sa myopie, il distinguait tout juste les images. Mais cela lui permettait de faire diversion à la voix détestable, qui, depuis qu'il s'était réveillé de l'opération, avait recommencé son affreux monologue dans l'arrière-cour de son esprit.

La voix du démon.

Tu viens d'en faire l'expérience, Tommy : tu ne peux pas te débarrasser aussi aisément de moi. Comme tu as pu le constater, j'ai plus d'un tour dans mon sac… Laisse-toi aller… Cesse de lutter… Je t'ai promis un avenir brillant, et je tiens toujours parole. Je te l'ai déjà répété maintes fois : je peux faire de toi l'égal d'un dieu...

Désormais, à chaque instant, le garçon devait combattre pour ne pas se soumettre à la seule volonté de l'être qui logeait dans la bague. Mais plus le temps passait, plus ses forces déclinaient, et plus il baissait la garde. Il ne tiendrait pas beaucoup plus longtemps. C'était là une certitude. Et qu'adviendrait-il de lui quand il aurait définitivement cédé ? Deviendrait-il fou ? Allait-il s'en prendre à sa famille, à ses amis ? Un dangereux psychopathe qu'il faudrait enfermer ?

Au retour de l'opération, en sillonnant les longs couloirs, poussé par une infirmière bavarde, il avait aperçu à deux reprises le grouillement infect des vers de terre.

D'abord sur le visage d'une dame qui semblait centenaire. Installée sur un banc, à proximité de l'entrée des toilettes, elle contemplait d'un regard absent l'agitation feutrée des soignants et des malades. L'une des bestioles promenait sa panse annelée sur l'arrondi de son oreille, tandis qu'une autre tentait de se frayer un passage à l'une des commissures de ses lèvres pour visiter sa bouche.

Un peu plus loin, marchant par petits pas hésitants, un homme dans la force de l'âge. Sans doute souffrait-il d'un cancer déjà bien avancé, car les traitements avaient éradiqué toute pilosité. Imberbe. Même les sourcils avaient disparu. Et sur son crâne lisse sans la moindre aspérité, les vers de terre avaient bien du mal à progresser. Ils se tortillaient avec vigueur, mais finissaient invariablement par glisser, retombant en petits tas sur les épaules osseuses du malade.

« Combien de temps avant que la mort ne vienne les prendre ? s'était demandé Tommy. Quelques jours ? Quelques heures ? Ou seulement quelques minutes, comme avec la boulangère dimanche dernier ? »

Tommy dérivait enfin vers un sommeil bienvenu et réparateur. Il sentait ses paupières s'alourdir.

Quand sa pupille perçut un léger mouvement en bas à droite de la fenêtre.

Son système d'alarme interne se mit péniblement en route. D'abord une petite lumière clignotante dans ses tréfonds. Il lutta contre la torpeur, se redressa sur un coude. Ce simple mouvement actionna un point de douleur dans sa main meurtrie.

Puis un vent de panique mugit soudain, lui balayant le corps des pieds à la tête. Car dans le même temps, et bien qu'il ne portât pas ses lunettes, il y eut un second mouvement, au même endroit, et la bague, en trois secondes seulement, monta en température.

Toute envie de dormir disparue, Tommy se redressa comme un diable sortant de sa boîte, glissa au bord du matelas, et sans lâcher la vitre du regard, se posta debout dans un équilibre précaire. La chambre tourna un peu sur elle-même. Cahin-caha, il contourna le lit médicalisé en se tenant aux barres latérales.

La pluie vomissait des rafales d'eau. Détonations et éclairs poursuivaient leur spectacle pyrotechnique. Il fut arrêté net par le tuyau de la perfusion entre son bras et la poche suspendue. Il râla dans sa barbe, n'eut pas d'autre alternative que de saisir la tige métallisée de la potence. Le support squelettique, monté sur roulettes, suivit docilement la manœuvre.

Et à peine parvint-il devant la fenêtre qu'une silhouette décharnée surgit devant lui, frappant de plein fouet la vitre.

La première pensée qui traversa Tommy fut : « Il est maintenant capable de suivre ma trace, quel que soit l'endroit où je me trouve. »

La seconde : « Comment a-t-il réussi à grimper jusqu'ici, au troisième étage, alors que Stanislas lui a coupé une main, et grand-tante Violette pulvérisé une jambe ? »

Et ce furent les deux derniers sursauts de lucidité qu'il eut, avant de reculer d'un pas, et de contempler, hagard, la repoussante créature, là, collée contre la vitre tel un énorme insecte, à seulement une enjambée de lui.

Le trou dans la poitrine, occasionné par le coup de fusil, était si béant qu'on voyait parfaitement au travers. L'oncle Edmond appuya son visage contre le verre, comme ces enfants qui font des grimaces à travers la fenêtre des voitures, avant de lâcher un hurlement. Tommy contemplait en détail le faciès dépecé de toute chair – c'était sans doute la pluie virulente qui avait fini d'ôter les lambeaux de peau restants. Des puits noirs en guise d'orbites. Et quelques dents, qui, en frottant le verre, produisirent un son sinistre en y imprimant de profonds sillons.

Le zombie, se tenant fermement de sa main droite, se mit ensuite à sauvagement frapper sur la vitre de son moignon gauche.

Tommy se dit qu'il ne tarderait pas à la briser.

« Et s'il parvient à entrer, je suis foutu. Pas en état d'affronter le gentil tonton. »

Sans compter que Tommy eut la certitude que l'oncle Edmond ne se contenterait pas de lui donner juste une correction, pour avoir, jadis, cassé l'une de ses pipes.

« Non, il va me bouffer. Comme dans les films. M'ouvrir le ventre en deux et, avec avidité, mâcher mes entrailles.»

Il se passa alors quelque chose qui ne lui était encore jamais arrivé de toute sa vie : une colère sans commune mesure l'emporta corps et âme.

Tommy maudit tout haut le moine Fochetenaille, la chevalière scellée dans sa chair et l'esprit du démon qui y avait élu domicile.

Et ça ne s'arrêta pas là. Car très vite, la colère se transforma en une furie dévastatrice.

Pendant que l'oncle continuait de tambouriner, le garçon fit volte-face, attrapa le dossier du fauteuil et fit glisser le meuble jusqu'à lui.

Le geste avait été pressant. Le tuyau de la perfusion se tendit. La potence tomba au sol, rebondit dans un claquement métallique. Il sentit l'aiguille tirer sous le pansement dans le creux de son bras. Il s'en moqua.

Tommy ouvrit ensuite la fenêtre de sa main valide, et avec une vitesse, une force et une rage déconcertantes, s'empara du fauteuil par deux de ses pieds, malgré sa main blessée, le leva au-dessus de sa tête et le lança sur la créature.

Frappé de plein fouet, l'oncle Edmond lâcha prise et bascula en arrière dans la nuit.

Le garçon se pencha sur le rebord de la fenêtre. La pluie lui gifla le visage. C'était délicieux. Le ciel continuait de lancer d'assourdissants coups de semonce.

Il entendit le corps du zombie se fracasser sur le bitume en contrebas.

Et même si de là où il se trouvait, il ne voyait rien, il savait que la créature n'était pas encore détruite. Elle allait une nouvelle fois ramper dans les ténèbres, se terrer quelque part en attendant patiemment la prochaine nuit.

37

— *Touuuuuch dowwwwn...* prononça une Zélie enjouée.

Elle n'avait pas crié et n'en faisait pas des tonnes, à l'instar de Stanislas pile une semaine auparavant, quand son équipe d'hommes-lézards avait battu à plate couture les orques de Tommy.

Elle se contenta de décroiser les jambes et de tirer sur les pans de son tee-shirt. Aujourd'hui, elle arborait l'affiche du film *L'Histoire sans fin*, où un jeune garçon nommé Bastien chevauchait un énorme dragon à tête de chien.

Félix, qui détestait perdre, balaya d'un revers de main les joueurs sur le plateau. Il avait mené au mieux sa team d'elfes, s'était mis le cerveau en surchauffe pour tâcher de rivaliser. Mais sans conteste, Zélie restait vraiment imbattable à *Blood Bowl*.

Depuis deux ans, elle jouait avec des skavens, des sortes d'hommes-rats, créatures de petite taille et peu robustes, mais diablement rapides.

Désabusé, Féfé ne pouvait même pas avancer le prétexte des lancers de dés. Non, la jeune fille, une fois de plus, avait été un excellent stratège.

Le pourtour des narines de Félix était encore bien rouge, suite au coup reçu par Amir au-dessus de la rivière. En grommelant une suite de phrases incompréhensibles, il attrapa le gros Aldo qui passait à sa portée, le colla contre son ventre, avant de délicatement lui caresser le derrière des oreilles.

Stanislas crevait d'envie de lui faire une démonstration de sa fameuse danse tahitienne pour le chambrer, mais il n'avait pas envie de se prendre une série d'uppercuts dans l'épaule. Aussi se contenta-t-il de dessiner des cercles du bout de son doigt autour de la bosse protubérante qui lui décorait le front.

Samedi.

L'après-midi touchait à sa fin. M. et Mme Pierdeguerre étaient allés chercher leur fils à l'hôpital dans la matinée. Les *Magic Losers* s'étaient réunis dans leur QG tout de suite après le déjeuner.

La brève altercation pendant la nuit entre Tommy et l'oncle Edmond était passée totalement inaperçue. Même le fauteuil dont il s'était servi pour se débarrasser de la créature avait miraculeusement retrouvé sa place, sitôt qu'il eût refermé la fenêtre.

Félix posa Aldo au sol, qui, aussitôt, glissa de nouveau sur le dos pour se faire gratter le ventre. Il pouffa.

— Tom, dit-il, je crois que ta bestiole, c'est le seul chat de la ville à chasser à l'étouffée.

Resté un peu à l'écart, assis sur un pouf, Tommy n'avait quasiment pas défroncé les sourcils depuis son retour chez lui. Il tenait dans sa main valide sa paire de lunettes, lui faisait faire des cercles en pinçant l'une des branches. Impossible de traduire la teneur de son regard.

Il avait expliqué aux autres que, depuis qu'il avait tenu tête au zombie, il se sentait changé intérieurement. Bouffé par la colère… et ce jusqu'au trognon.

Tant et si bien qu'il n'y avait plus de place pour la déprime ou la peur. Sans compter la voix mielleuse et perfide dans sa tête qui n'avait plus moufté depuis.

— Féfé était dans le vrai, avait dit Zélie. En décidant d'affronter ce souvenir qui t'a terrorisé dans ton enfance et que le démon a utilisé contre toi, tu as, pour ainsi dire, renversé la vapeur.

Tommy finit par s'extraire de ses pensées, relever la tête.

— Comment ça, « chasser à l'étouffée » ?

Sa voix était neutre, dénuée d'émotion.

— Ben, gloussa Félix, vu son poids, il se poste en haut d'une branche, attend que sa proie passe en dessous, et se laisse tomber dessus pour l'aplatir. La technique parfaite quand on est un chat obèse !

Et il rit de plus belle.

L'ambiance était plutôt bonne, détendue. Ils avaient mis deux bonnes heures à minutieusement échafauder leur plan d'attaque pour la nuit prochaine, et maintenant que tout était millimétré, ils baignaient dans une sorte de douce quiétude.

C'était sans aucun doute, comme on dit, le calme avant la tempête.

Le calme avant l'ultime bataille.

Et puis ils détenaient deux avantages conséquents sur la créature.

Le premier avantage, c'est que maintenant qu'ils avaient la certitude que l'oncle était capable de suivre Tommy à la trace, ils pouvaient choisir le lieu où se déroulerait l'acte final.

Le second, c'est que le zombie était uniquement focalisé sur son neveu, ce qui laissait le champ libre aux trois autres.

Zélie avait soigneusement finalisé ses recherches, était confiante quant au fameux *modus operandi* qu'elle avait élaboré.

Question couverture, ils s'étaient, dès lors, organisés.

Stanislas avait une fois de plus demandé à sa mère s'il pouvait dormir chez les Pierdeguerre. Elle avait tout de suite accepté. Depuis qu'elle avait appris de quelle façon il s'était comporté après que Tommy s'était blessé, il pouvait lui demander la lune. Pour la première fois de son existence, elle avait déclaré à son fils : « Je suis extrêmement fière de vous, Stanislas de Tarquin, oui, extrêmement fière. J'en parlerai à votre père et j'annule toutes vos corvées en cours. »

C'était prévu qu'il repasse par chez lui dans la soirée récupérer le matériel que la jeune fille lui avait réclamé pour mener le plan à bien.

Félix dînerait en famille comme si de rien n'était, puis attendrait le texto qui le préviendrait de leur arrivée sur le terrain des opérations.

Zélie, quant à elle, avait échangé quelques messages avec sa mère, pour avoir la permission de dormir chez une copine. Ça n'arrivait que très rarement. Si elle avait téléphoné chez elle, aucun doute qu'elle serait tombée sur son père. Et là, l'exercice aurait été nettement plus périlleux. Lui mentir, même sans l'avoir en face d'elle, lui était quasi impossible. Elle aurait fini par bégayer, remplacer un mot par un autre, pour au final se mélanger totalement les pinceaux et tout faire capoter.

Aux étages en dessous, il y avait un sacré chahut. On avait mis le volume de la radio à plein régime. Une chanson mièvre résonnait dans toute la maison.

Mme Pierdeguerre et le petit Elliot braillaient les paroles à tue-tête. C'était affreusement faux.

Même Aldo poussa un miaulement de déconvenue en aplatissant les oreilles.

À cela s'ajoutait le ronronnement de la pelleteuse.

En continu depuis l'aube.

M. Pierdeguerre avait subitement pris la décision d'abandonner les recherches des sous-sols du château de ses ancêtres, et s'astreignait, avec une rage et une frustration contenues, à reboucher tous les trous du jardin.

Tommy était allé observer un moment les manœuvres de l'engin, une boule de culpabilité logée dans le ventre. Et quand, suite à une manip maladroite, son père avait manqué valdinguer sur le côté avec sa machine, il avait été à deux doigts de lui révéler l'existence des catacombes.

Il avait dû se faire violence, serrer les lèvres, serrer les dents, pour garder le silence.

Plusieurs coups de klaxon résonnèrent du côté du portail.

Les chants cessèrent. On baissa la radio. Et le moteur de la pelleteuse s'arrêta.

38

M. Pierdeguerre restait statufié dans le hall d'entrée. Il leur tournait le dos.

Il venait de remercier un coursier, qui ne s'était pas attardé plus d'une minute.

Les *Magic* avaient quitté leur antre, et curieux, tout comme Mme Pierdeguerre et Elliot, attendaient de savoir de quoi il retournait. Seule grand-tante Violette semblait se désintéresser totalement de la situation, les yeux rivés sur l'écran de télévision.

Le père de Tommy fit volte-face, très lentement. Il avait entre ses mains une grande enveloppe brune, peu épaisse, la tenait du bout des doigts, comme si c'était là une sainte relique. Il fixait le tampon en haut à droite, l'œil brillant.

— Qu'est-ce que c'est ? finit par lui demander sa femme. T'as la tête d'un poisson qu'on aurait tiré de l'eau et jeté sur la berge. Respire, mon chéri. On dirait bien que tu vas nous faire un malaise.

L'homme eut un mal fou à détacher ses yeux du pli.

— Peut-être de nouvelles informations sur *Mon inconnu*, finit-il par dire.

Par *Mon inconnu*, Tommy comprit qu'il parlait de l'aïeul porté toujours manquant sur l'arbre généalogique. Sûrement le fameux garçon qui aidait à l'orphelinat, celui dont parlait Abbon Fochetenaille dans son journal.

— J'avais trouvé des informations comme quoi, jeune adulte, il avait souvent quitté Claire-la-Joie sur des périodes plus ou moins longues. Tout juste quelques traces qui m'avaient conduit dans une autre ville, à une centaine de kilomètres de chez nous. Le type des archives, là-bas, m'avait laissé entendre qu'il n'y avait rien, mais m'avait néanmoins promis de me tenir informé s'il tombait par hasard sur quelque chose. Mince, c'était il y a plus d'un an, une bouteille à la mer. J'avais même fini par oublier cet épisode. Et voilà qu'aujourd'hui…

Mme Pierdeguerre leva les yeux au ciel.

— Alors qu'attends-tu ? Ouvre, bon sang !

Il s'exécuta.

À peine deux feuilles, qu'il lut avec fébrilité.

Comme s'il venait de se faire piquer par un escadron d'abeilles, il bondit soudain en avant et se précipita à l'étage.

Tous filèrent dans son sillage. Tommy était le dernier et fut arrêté net dans son élan.

Une main venait de lui saisir le bras.

Grand-tante Violette le dévisageait avec une rare intensité. Elle était parfaitement consciente.

Alors que les autres grimpaient l'escalier, la vieille dame lui sourit tendrement. Elle avait des petites larmes qui perlaient au coin de ses yeux.

— T'es vraiment un tigre, mon petit Tom, lui confia-t-elle. Tu vas y arriver… à te débarrasser de cette engeance. J'en suis convaincue.

Le garçon se demanda si elle parlait de l'oncle Edmond ou de la bague.

Cette déclaration et cette main aux doigts osseux serrant son bras vinrent profondément le chambouler à l'intérieur.

Toute la colère apparue la nuit précédente s'écoula des pores de son âme.

Ne restait qu'une brûlante détermination.

Il serra sa grand-tante dans ses bras et embrassa sa joue parcheminée.

Quand il s'écarta d'elle, la grand-tante avait déjà replongé dans ses errances lunaires, le regard fixe et inexpressif.

Il se dépêcha d'aller retrouver les autres à l'étage.

Tous étaient postés derrière son père. Celui-ci avait pris un stylo – sa main tremblait légèrement – et, dressé sur la pointe de pieds, inscrivait cérémonieusement de part et d'autre du mot « PIERDEGUERRE » :

ROSTANG (1206–1247)

Les regards de Zélie, Stanislas et Félix convergèrent de concert vers la main de Tommy.

Ils avaient leur premier prénom, correspondant au « R » sur la chevalière.

L'un des quatre qui avait participé au rituel avec Abbon Fochetenaille.

M. Pierdeguerre eut un immense sourire. Il était aux anges.

— Je vais prendre ça comme un lot de consolation, à défaut d'avoir découvert les ruines du château…

39

Le ciel était amplement dégagé. Il ne restait de la lune qu'une seule encoche blafarde. Une petite brise se faufilait par moments entre les tombes.

Il était presque minuit, et toujours pas de zombie en vue. Plus de deux heures maintenant, chacun à son poste, que les *Magic Losers* prenaient leur mal en patience. Félix commençait même à se demander si l'oncle Edmond, finalement, n'avait pas trépassé quelque part dans un coin, suite à sa chute du troisième étage.

Il régnait un silence de plomb. Et plus une seule voiture ne sillonnait la départementale.

Des quatre, seul Tommy était visible.

En plus de quelques cyprès isolés, il y avait dans le cimetière un grand platane, au tronc large et au feuillage touffu. Il se dressait, majestueux, à une poignée de mètres à gauche de la tombe de l'oncle.

Le garçon se tenait debout, le dos appuyé contre l'écorce. Il faisait attention à ne pas trop bouger sa main droite, emmaillotée de pansements. Il avait oublié de prendre ses médicaments avant de partir de chez lui. La douleur s'était du coup réveillée, lancinante, irradiait de son doigt blessé jusqu'à l'épaule. L'impression qu'on avait planté une aiguille à tricoter dans sa chair.

Il observait la dalle de pierre sur sa droite. Les garçons l'avaient déplacée, laissant une béance dans le caveau, une gueule de ténèbres hurlant silencieusement dans la nuit.

Tous avaient la conviction que c'était Tommy, et seulement lui, qui devait mener les attaques cruciales contre l'oncle Edmond. Les autres seraient seulement là en renfort.

Zélie, Stanislas et Félix s'étaient donc cachés à proximité, rongeaient également leur frein en attendant le début des hostilités. La jeune fille s'était postée pile dans l'axe, bien en face du *porteur*, à une vingtaine de mètres. Les deux autres étaient tous aussi invisibles, à moindre distance, de part et d'autre du platane.

Quand Félix était descendu de chez lui pour les rejoindre, il était accompagné, une fois de plus, et bien malgré lui cette fois, des neuf chats d'Évariste. Menés par Rasqual, les félins s'étaient postés comme la fois précédente, en demi-cercle face à la sépulture, mais sans émettre le moindre miaulement. C'était particulièrement étrange : leur posture, l'écart égal qu'ils avaient laissé entre chacun d'entre eux, leurs yeux dilatés fixant la pierre froide. Et le plus étonnant : aucun n'avait bougé d'un iota depuis.

On aurait dit le déroulé d'une ancienne cérémonie païenne, l'attente de la manifestation d'une quelconque entité fantastique.

Plus loin, le clocher de l'église de Claire-la-Jolie commença de cracher ses coups de semonce. Et pile au moment où retentit le douzième carillon, à côté du portail de l'entrée, une main décharnée apparut enfin au sommet de l'enceinte des lieux.

Une main, telle une abjecte marionnette.

Puis une tête, des épaules.

Tommy se dit que le vilain tonton soignait son entrée en scène, théâtralisait son apparition.

Quand la créature bascula de l'autre côté, s'échoua sur le sol, il y eut un bruit mat, et durant la minute suivante, une puanteur indescriptible s'immisça entre chaque tombe, chaque croix, à mesure qu'elle progressait, et ce, au vu de son délabrement, dans une ignoble reptation.

Au même moment, les chats interrompirent leur mise en scène, et sous l'injonction de leur chef – un bref miaulement –, ils s'éclipsèrent rapidement dans les allées.

Le monstre passa tout près de Zélie. Elle ne put s'empêcher de plonger le nez et la bouche dans le col de son tee-shirt, serrant les dents pour ne pas vomir.

Sitôt qu'il aperçut le jeune Pierdeguerre, l'oncle Edmond poussa une série de gargouillis, avant de glapir :

— C'est qu'il me donne du fil à retordre, ce garnement-là, peu pressé de recevoir le châtiment qu'il mérite. Mais cette fois-ci, c'est bel et bien… terminé !

Et il accéléra tout à coup, fonçant en ligne droite.

Tommy s'était mis en position, jambes légèrement écartées, solidement plantées dans le sol. Il fit abstraction de la douleur qui lui grignotait la main et de la chaleur que dégageait maintenant la bague. Malgré la terreur sourde qui l'habitait tout entier, il s'était mis en tête qu'il ne flancherait pas.

— Je suis un tigre et je n'ai pas peur de toi, je suis un tigre et je n'ai pas peur de toi, je suis un tigre…

C'était comme une prière qui filtrait d'entre ses lèvres, soutenait son élan de courage pour qu'il ne vole pas subitement en éclat.

Tous ses muscles étaient maintenant tendus, et quand l'oncle Edmond se jeta sur lui, une demi-seconde avant que leurs corps ne se percutent, il bondit sur le côté, esquivant de peu la créature, qui vint s'écraser contre le tronc du platane.

Zélie était tout aussi tendue que son ami. Et tout aussi tendue : la corde de son arc. Elle s'était soigneusement mise en position dès que le mort-vivant avait entamé son sprint final. Une flèche encochée. Son œil, grand ouvert et concentré dans le prolongement de son projectile. Trois autres flèches attendaient, plantées dans la terre meuble à côté de son pied.

Pas un instant à perdre.

Elle tira.

Et cette fois-ci, pas de sphères en polystyrène entourées de chatterton au bout. De vraies flèches, avec la pointe en métal tranchant.

Ce premier missile, fulgurant, se figea dans l'épaule de l'oncle, traversa les matières putréfiées, juste au-dessus de l'omoplate, termina sa course largement planté dans l'écorce. Et elle réitéra son geste plusieurs fois. Elle arma, tendit la corde, lâcha la corde, avec une redoutable précision.

Le zombie était à présent littéralement cloué à l'arbre. Il poussait des râles, gigotait violemment pour tenter de se décrocher, leur offrant une danse des plus macabres.

— Phase 1 terminée ! cria la jeune fille en courant rejoindre Tommy.

Stanislas et Félix l'imitèrent. Ce dernier était armé d'un marteau et d'une hache, prélevés dans le cabanon de M. Pierdeguerre. Il tendit l'outil tranchant à Tommy, annonçant d'une voix presque atone :

— Phase 2, mon tigre.

Ils étaient tous les quatre shootés à l'adrénaline, ne tenaient pas en place. D'une main tremblante, Stanislas n'avait de cesse de placer sa mèche. Zélie serrait plus qu'il ne le fallait le bois de son arc, et jamais Félix n'avait eu le visage si déformé, par une myriade de petites convulsions.

Et ce tandis que l'oncle Edmond poursuivait sa gigue, épinglé au platane, tel un asticot se débattant au bout d'un hameçon, se tordant le cou en assénant des :

— Sale petit morveux, sale petit chiard, sale petit morveux, sale petit chiard…

— Tom, je t'en prie, fais-le taire ! supplia la jeune fille. Une bonne fois pour toutes.

Alors, le porteur – la bague était à présent si brûlante, que cette douleur-ci avait occulté celle de sa main blessée – se positionna sur le côté, arma la hache et frappa, latéralement, et de toutes ses forces.

— Sale petit morveux, sale petit chia…

Un léger feulement avec le déplacement d'air produit par l'acier. La lame se figea dans l'écorce, sectionnant la nuque au passage.

La tête alla rouler au sol. Stanislas pensa à un ballon qu'on aurait utilisé s'il y avait eu des matchs de football organisés aux Enfers.

— Incroyable, s'exclama Félix, décapitée, cette saloperie remue encore ! Phase suivante ! ajouta-t-il en tendant le marteau à Tommy. Courage !

Tommy avait laissé tomber la hache, saisi le nouvel instrument. Il s'accroupit, tapa, tapa et tapa encore, pulvérisant le crâne. À chaque impact, un horrible craquement. À chaque impact, des éclats d'os qui volaient en tous sens.

— Bien, convint Zélie quand il eut terminé – la tête de l'oncle Edmond n'était plus qu'une bouillie blanchâtre –, phase 4, reculez-vous ! Stan ?

Alors que la jeune fille retirait une par une les flèches qui retenaient la créature, Stanislas confia à Tommy l'arme qu'il avait fabriquée chez lui.

Cinq couteaux dérobés dans l'un des énormes buffets qui trônaient dans le salon. Des quatre familles, il n'y avait que chez les de Tarquin qu'on trouvait ce genre de couverts. Des couteaux de table entièrement en argent. Il les avait grossièrement assemblés, en long, avec du scotch épais. Le résultat donnait une courte lance de facture étrange.

L'argent était la seule matière capable de venir à bout de l'horrible créature.

Quand il ne resta plus qu'une seule flèche à décocher, les *Magic* échangèrent un regard entendu.

Zélie s'exécuta.

Tchac !

Ce qui restait du zombie glissa au sol. Dans un sursaut, il se retourna sur le dos, continua de tendre son bras restant dans l'espoir de saisir de sa main osseuse l'une des chevilles de Tommy.

— À gauche, hein ! l'exhorta Félix. Te trompe pas !

— Merci bien, je sais de quel côté se trouve le cœur !

Le garçon mit un virulent coup de pied dans le bras encore actif, se posta au-dessus du mort-vivant, et après avoir crié :

— Maintenant ! Très cher tonton ! C'est à toi de casser ta pipe !

Il abattit l'argenterie, perçant en profondeur la poitrine du monstre, recula ensuite de deux pas, titubant, lâcha l'arme de fortune.

La dépouille de l'oncle Edmond avait enfin cessé de remuer.

Dans le même temps, Tommy sentit s'évacuer de son esprit et de son corps des filets liquides de ténèbres.

C'était comme si on avait éventré le plafond d'un cachot dans lequel il croupissait depuis des mois.

De la lumière à foison qui se déversait dans une poche d'obscurité.

La chevalière glissa le long de son doigt, libéra sa chair, alla rebondir plusieurs fois au sol.

— Surtout, cria-t-il, plus personne ne touche à cette saloperie de bijou !

— Il reste encore un dernier truc à faire, annonça Zélie. Phase 5.

40

À grands renforts de « Beurk », « Raaaaah… », « C'est vraiment dégueu… », les garçons avaient saisi le cadavre, l'avaient fait basculer dans le caveau, et maintenant, se démenaient pour le replacer dans le cercueil.

Tandis que Zélie, restée en haut, les éclairait de sa lampe torche.

Stanislas était livide. Pendant que les deux autres ajustaient correctement ce qui restait de bras et de jambes, de façon à ce qu'on puisse fermer le tout, il tenait, dans ses mains mises en coupe, les résidus de la tête de l'oncle Edmond.

— Vas-y, lui enjoignit enfin Félix, tu peux la mettre maintenant.

Stanislas ne se le fit pas dire deux fois. Mais comme il s'apprêtait à déposer les restes dans la partie la plus haute du cercueil, la jeune fille n'éclairait plus la scène. Le tombeau était plongé dans les ténèbres.

— Bon sang, Zélie ! râla-t-il, qu'est-ce que tu fabriques ! ? J'y vois plus rien, là ! Et ce truc entre mes doigts, c'est…

Il ne trouva pas les mots adéquats.

— Oh, désolée. J'é… j'étais dans la lune… Je… je suis encore sous le choc de tout ce qui vient de se passer, s'excusa la jeune fille.

Le disque de lumière revint aussitôt. Ils purent ainsi achever leur sinistre besogne.

Alors que Félix et Tommy faisaient glisser le couvercle sur le dessus du cercueil, Zélie annonça d'une voix claire :

— L'aube est sur le point de se lever.

— Qu'est-ce que tu racontes ? s'étonna Stanislas. C'est impossible. Le zombie a débarqué pile à minuit, et l'affrontement, puis la remise en bière, n'ont pas duré plus d'une demi-heure.

— Pourtant, c'est bien ce qui est en train d'arriver : l'aube pointe, insista-t-elle.

Au fond de leur trou, les garçons se dévisagèrent, interloqués.

— Ça signifie que le temps se serait soudainement accéléré ? dit Tommy.

— Fait chier, grogna Félix, sûrement encore un autre pouvoir de la bagouze. Allez, on a terminé, sortons de cet endroit moisi.

Zélie disait vrai : quand ils se furent extirpés de la tombe, et après avoir remis en place la lourde dalle, ils ne purent que constater la luminescence d'un soleil annoncé pointant à l'est, au-delà des terrains de foot, de basket et des courts de tennis.

Tommy tourna ensuite plusieurs fois sur lui-même, le nez vers le sol.

— Où est passée la chevalière ? Elle était tombée juste ici…

Stanislas lui attrapa le bras.

— C'est la cata… c'est la catacombe, dit-il dans un souffle.

Il était hébété, fixait Zélie. Il finit par montrer du doigt l'une des mains de la jeune fille.

— *Ay bondye segne*, lâcha Félix en levant les yeux au ciel. Dis-moi, mon archère préférée, t'étais juste dans la lune tout à l'heure, ou c'était du genre une putain d'absence, comme Tom nous en a fait durant toute la semaine ?

Effarée, Zélie contemplait son annulaire, où brillait dans la lumière de ce jour naissant l'or de la chevalière.

— Je… je ne me souviens pas du tout l'avoir mise à mon doigt…

Par réflexe, elle saisit le bijou, tira dessus pour tâcher de le retirer.

En vain.

Déboussolée, elle releva la tête.

Et manqua de se mettre à hurler.

Elle allait devenir folle.

Oui, c'est ça, là, maintenant, soudainement.

Car sur le visage de Félix, le long de ses joues, glissant de ses narines, s'entortillant dans les pavillons et sortant des conduits de ses oreilles, rampant à portée de ses lèvres, cherchant un passage pour accéder à l'intérieur de sa bouche, tout un nid remuant de vers de terre.

REMERCIEMENTS DE L'AUTEUR

C'est une certaine Aurélia Goyen, qui en tout premier lieu, a planté la graine dans le coin reculé de mon cerveau surchauffé, là où turbinent les rouages de mon imagination, alors que nous terminions tout juste notre chouette collaboration autour de la trilogie *Gaspard des profondeurs, Jessie des ténèbres, Achille des rivières et Stella des orages*.

« Eh ! Je trouve que tu te débrouilles pas mal avec les scènes un peu horrifiques, m'avait-elle confié. On sent que tu te fais largement plaisir, en plus ! Tu devrais peut-être aller creuser de ce côté-là… »

Merci Aurélia, car ton intuition était bonne et arrivait à point nommé. Alors j'ai continué d'ensemencer, puis d'arroser, à grands coups d'orages.

Et le tout a germé avec une déconcertante facilité, d'autant que j'avais, durant ma jeunesse, largement écumé cette littérature dite « de genre » – j'ai toujours détesté cette appellation réductrice –, portée par Edgar Allan Poe, H.P. Lovecraft, James Herbert, Dean Koontz, Peter Straub, Anne Rice, Clive Barker, Ramsey Campbell, Richard Matheson, et bien sûr Stephen King, pour qui j'ai toujours eu une admiration parfaitement ineffable.

Merci à Anne-Sophie Cayrey, qui a été la première à nous accueillir, cette nouvelle histoire et moi, chez Hatier. Également à Caroline Terral, qui a ensuite repris le flambeau.

Sophie Nanteuil et Marion Marchal-Jagu, qui ont plus étroitement apposé leur patte sur le texte. Vos suggestions furent pertinentes, pour densifier et enrichir ce récit. Merci ! Sophie, le personnage de Félix, nous l'avons façonné à quatre mains !

C'est mon frère, Jérémy, qui m'a initié à *Blood Bowl.* Merci pour ta patience, frangin, car je n'ai jamais été très attiré par les jeux de plateau.

Il a ensuite fait pareil avec mon fils aîné, alors ado ! Et porté par leur enthousiasme pour ce jeu, j'ai même fini par me retrouver par deux fois dans des tournois. Oh, bon sang ! Cinquante geeks enfermés pendant trois jours dans un centre de vacances, à mener jusqu'à quatre parties de l'aube au coucher du soleil, à dormir dans des dortoirs et à se sustenter seulement de diots recouverts à outrance de gratin dauphinois.

Jérémy menait une équipe d'orques, Nathanaël, des hommes-lézards. Pour ma part, à l'instar de Zélie, des skavens. Sauf que j'étais à dix mille lieues d'avoir son talent. J'ai terminé avant-dernier dans le classement la première fois. Avant-avant-dernier la seconde. « Tu vois, tu progresses ! » m'a dit mon fils, toujours enthousiaste…

Mes dernières pensées vont vers mes anciens compagnons de jeux de rôle. Quelle révolution dans nos têtes, quand nous avons découvert ça, lors de notre première année au collège. J'ai très rapidement aspiré à devenir Maître de jeu, et à inventer mes scénarii pour les partager avec mes amis, autour d'une table, armés seulement de quelques feuilles et d'une myriade de dés biscornus.

Et c'est sans doute dans cet espace-là aussi que, pour moi, tout a commencé !

Allez, je laisse la place à Féfé pour l'ultime réplique : *Ay bondye segne !*

Y. R.

DU MÊME AUTEUR

Aux Éditions HACHETTE ROMANS

Gaspard des profondeurs, 2014, Prix de la Nouvelle Revue Pédagogique, Prix des collégiens de l'Hérault. Le Livre de Poche 2016.

Jessie des ténèbres, 2016. Le Livre de Poche 2018.

Achille des rivières et Stella des orages, 2019.

Teddy-n'a-qu'un-œil, 2015. Prix Gayant. Prix Chronos. Le Livre de Poche 2018.

Yanabosse et le Brahima-Shatam Ô Boktatou, 2017. Prix Lire à Limoges.

Aux Éditions AUZOU

L'épopée de Sem (Tome 1 – Le rite), 2019.

PARENTIPS

Chers parents, retrouvez nos conseils
sur www.parentips.fr

Achevé d'imprimer en Italie par Grafica Veneta
Dépôt légal : 05762-3/01 - Mai 2020

IMPRIM'VERT